다시 사는
재벌가
망나니

다시 사는 재벌가 망나니 37 완결

2024년 2월 6일 초판 1쇄 인쇄
2024년 2월 13일 초판 1쇄 발행

지은이 맹물사탕
발행인 김관영

기획 이기헌 왕소현 임동관 박경무 강민구 조익현
책임편집 금선정
마케팅지원 이원선

발행처 (주)로크미디어
출판등록 2003년 3월 24일
주소 서울시 마포구 마포대로 45 일진빌딩 6층
Tel (02)3273-5135 **Fax** (02)3273-5134
홈페이지 rokmedia.com **E-mail** rokmedia@empas.com

값 9,000원

ISBN 979-11-408-1415-2 (37권)
ISBN 979-11-354-9456-7 04810 (세트)

다시 사는 재벌가 망나니

맹물사탕 현대 판타지 장편소설

37

완결

Contents

1장

김해 공항에서 내린 김철수는 곧장 주차장으로 향해 저번에 왔을 때 세워 둔 차에 올라탔다.

지금 시간이라면 꽤 빠듯하긴 해도 늦지 않게 도착할 수 있을 터.

그는 운전석에 올라타 빠르게 차를 몰며 다른 한 손으로는 핸드폰을 꺼내 전화를 걸었다.

뚜르르-.

몇 차례 길게 신호음이 갔지만, 전화는 연결되지 않았다.

혹시 여기가 기지국에서 멀어서 연결이 되지 않는 건가, 생각한 김철수였지만 지금은 이런저런 사정을 고려할 여유는 없었다.

'하필 소리샘 서비스도 가입하지 않았고.'

몇 푼 되지도 않는 예산을 쥐어 짜낸 결과였다.

그래서 김철수는 하는 수 없이 김강철에게 전화를 걸어 보았다.

이번에는 상대가 곧장 전화를 받았다.

—여보세요.

"여보세요, 김강철 씨. 김철수입니다."

김강철은 잠시 뜸을 들인 뒤 대답했다.

—아, 예. 요원님. 부산에 도착하셨습니까?

"예, 방금요. 혹시 석동출 씨랑 같이 계십니까?"

—아뇨.

김강철이 말을 이었다.

—아까 전 양필두 쪽에서 사람이 찾아와 데려갔습니다만…….

"양필두 쪽에서요?"

—예.

이거 낭패로군.

다만, 지금이 어느 때라는 걸 알 석동출이 자신에게 한마디 말도 없이 양필두의 부하를 따라갔다는 것이 김철수는 못내 마음에 걸렸다.

'평소 석동출이라면 최소한의 상의는 하는 법인데…….'

비행기에 있느라 전화를 받지 못한 건가.

"알겠습니다. 그러면 일단 합류하도록 하죠. 혹시 오명태 씨도 거기 있습니까?"

—아뇨, 오명태 씨는 여기 없습니다만……. 부를까요?

"아닙니다."

그럴 필요도 없고, 창원에 있는 오명태가 여기 합류하기엔 이미 늦다.

'또, 연합 입장에선 부외자인 오명태가 부산에서 어슬렁거리고 있어 봐야 괜한 담합의 의심을 살 테니까.'

수화기 너머 김강철이 입을 뗐다.

—저, 요원님.

전화를 끊으려던 김철수가 그 말을 받았다.

"예?"

—저…… 아닙니다. 운전 조심해서 오십쇼.

"……예."

싱겁기는.

김철수는 전화를 끊은 뒤, 운전을 이어 갔다.

퇴근 시간대에 임박해서인지, 도로에 차가 꽤 많이 보였다. 부산 사람들의 운전이 거칠기로 유명한 건 이 시대에도 여전해서, 김철수는 속으로 이 상황을 투덜거렸다.

내키지는 않지만 여차하면 사이렌을 차 지붕에 붙인 채 갓길 주행도 불사해야 할 성싶다.

그래서 김철수는 혹시 모르니 부산에 있는 다른 요원에게 전화를 걸려다가 멈칫했다.

'잠깐.'

그가 지닌 야생의 본능은 이 상황이 어딘지 이상하다는 신호를 보낸 것이었다.

'……이상하군.'

석동출은 보통 자신에게 그럴 필요가 없는 일에도 보고 및 상담을 하곤 했다. 그런 석동출이 자신에게 한마디 상의도 없이 냉큼 양필두를 따라갔다?

만일 그가 강제로 끌려간 거라면 김강철이 그 행방을 알고 있는 것도 이상하니, 석동출이 양필두의 부하를 따라간 건 자발적인 일일 터.

'뭔가…… 있긴 있어.'

이미 상황은 예정을 벗어나 있었지만, 그럼에도 이번 변수는 김철수에게 묘한 위화감을 안겨다 주었다.

석동출은 현재 입장상 어느 누구 한 사람, 어느 조직의 편을 들어서는 안 된다.

'그런 석동출이 얌전히 양필두를 만나러 갔다고?'

미숙하긴 하나, 그런대로 머리가 잘 돌아가는 석동출이 그런 자신의 입장을 모르지는 않을 터.

그리고 김철수는 그 위화감의 정체를 어렵지 않게 캐치해냈다.

'석동출은 그 자리를 벗어나고 싶었던 거야.'

그것도 김강철과 함께 있던 그 상황을.

석동출은 팀 내에서도 자신과 전직이 같은 김강철을 신뢰하는 편이어서 두 사람이 따로 만나기도 했다는 것쯤은 김철수도 잘 알고 있었다.

하지만 석동출은 이번에 그러지 않았다.

'즉, 그는 일단 그 자리를 벗어날 핑계며 구실이 필요했다는 건데…….'

거기서 석동출은 아까 전, 일산출판사 입구에서 강하윤 형사와 부딪혔던 걸 머릿속에 떠올렸다.

그때 강하윤 형사는 그녀의 파트너가 아닌 여진환과 함께였다. 그리고 김강철 형사와 정진건 형사는 통화를 주고받던 사이. 그렇다는 건, 지금 정진건 형사는 어디에 있을까?

어쩌면, 그도 이미 부산에.

김강철이 자신에게 말하려다 만 것도, 아마 그런 내용을 말하려던 것이 아닐까.

'이 멍청이가!'

김철수는 차를 뒤져 부착형 사이렌을 꺼낸 뒤, 창문을 열어 차 지붕에 붙이곤 액셀러레이터를 세게 밟았다.

김철수는 웽웽거리는 사이렌을 울리며 차 사이를 요리조리 빠져나갔다.

그러면서 김철수는 방금 전에 쓰던 핸드폰이 아닌 다른 핸드폰을 꺼내 곧장 동료 요원에게 전화를 걸었다.

"……접니다. 지금 양필두 쪽에 조사가 필요해서요."

혹시 석동출이 양필두와 함께 있는 것이 아니라면…….

'난감하게 됐군.'

재벌가치고는 꽤 간소하게 먹는 편이지만, 오늘은 크리스가 이 집 식구로 합류한 기념인지 평소보다 더 공을 들인 음식이 식탁에 날라져 왔다.

아마 여기엔 모처럼 이휘철이 부재중인 것도 오늘 요리가 기름진 것에 한몫하지 않았을까.

'그러잖아도 간소하던 식탁은 이휘철의 퇴원 이후 거의 건강식 위주가 되어 있었으니까.'

아무튼 덕분에 오늘 식탁은 이휘철이 자아내는 묘한 긴장감 없이 나와 이하진, 사모, 이태석 그리고 크리스까지 끼어 둘러앉은 모양새였다.

여담으로 한성진 남매는 모처럼 일찍 퇴근한 이태석 덕분에 오랜만에 운전수인 그들의 아버지와 함께 외식을 하러 갔다.

사모는 우리가 영화관에 있었다는 이태석의 말에 싱글벙글 웃으며 무슨 영화를 보았냐고 물었고, 〈헝그리 복서〉를 보았다는 말에 눈을 반짝이며 흥미를 드러냈다.

"어머, 어머, 그걸 봤다고?"

사모는 이태석과 사뭇 다른 반응이었다.

"그래, 어땠니?"

"생각하던 것 이상으로 좋은 영화였어요."

나는 진심을 담아 말했다.

정말로, 안형욱의 〈헝그리 복서〉는 좋은 영화였다.

'오히려 나도 지금껏 안형욱이란 배우를 과소평가하고 있지 않았을까 생각할 정도로.'

물론 그 영화를 좋은 영화로 만든 건 안형욱의 신들린 듯한 연기가 8할은 차지했고, 안형욱이 없었더라면 크리스의 신랄한 평가대로 그냥 그런 오락 영화로 남았을 것이다.

"그렇지? 엄마는 어릴 적 〈청춘 낙서〉로 팬이 되었지만 남자들은 어째 〈헝그리 복서〉를 좋아하더라. 그러는 걸 보면 성진이도 남자는 남자구나?"

"뭐어, 그렇죠……."

이번에는 사모가 크리스를 보았다.

"크리스는? 어땠니?"

미국에서 살다 온 크리스는 당연히 본 적 없을 거라는 생각을 전제로 한 질문이었다.

"네? 아, 그…… 좋았어요."

그 크리스이니 여기서 긴장을 할 리는 없다고 생각했는데, 어째 깨작깨작 밥을 먹는 둥 마는 둥하며 생각에 잠겨 있던 크리스는 뒤늦게 사모의 말을 받았다.

'이태석이 낯설어서 그런가.'

아까도 그런 낌새가 조금 보이긴 했고.

사모는 사모대로 크리스가 아직 낯선 환경에 적응을 하느라 눈치를 보는 중이라고 생각했는지, 원래도 쾌활한 성격을 십분 발휘해 조금 더 호들갑을 떨었다.

"혹시 보고 싶은 영화가 있으면 말하렴. 저번에도 성아가 〈라이온 킹〉을 다시 보고 싶대서 비디오를 사 뒀거든."

"……네."

"그러고 보니까 크리스는 영어도 잘하니까 힘들게 자막판을 구할 필요는 없겠네."

참고로 사모가 말한 〈라이온 킹〉 비디오는 필름을 사려는 걸 뜯어말려 비디오테이프로 타협을 본 거였다.

'그땐 나도 영사기를 조작하는 방법은 몰랐고 말이지.'

아까 배웠으니 지금은 할 수 있을 거 같지만.

뭐, 어차피 한성진 남매도 저택 영화관은 이태석의 개인 공간이라고 생각하는지 그쪽으론 좀처럼 발걸음을 하지 않고, 여간해선 고용인 휴게실에 있는 VCR기기를 애용하는 편이었다.

'한성진도 나를 닮아서 영화에 그렇게 취미가 있지는 않고 말이야.'

이번에는 사모가 내게 물었다.

"그런데 성진아, 오늘은 어쩐 일로 〈헝그리 복서〉를 봤니?"

"저희 비서가 추천해서요."

"비서라면 질부 말이니?"

사모가 말하는 질부 비서는 이남진과 결혼 예정인 윤선희를 의미하는 거였다.

"아뇨, 예은 씨에요."

사모가 눈을 동그랗게 떴다.

"어머, 예은 양이?"

그렇게 안 봤는데, 뭔가 아는 아이로군 하는 표정이었다.

"성진이랑 나이 차이도 얼마 안 나는데…… 잘도 봤구나."

"비디오로 봤대요."

고개를 끄덕인 사모가 입을 삐죽 내밀었다.

"그나저나 성진아, 엄마는 조금 서운하다, 얘."

"뭐가요?"

사모가 갈비찜을 잘게 뜯어 이하진의 숟가락에 올려 주며 툴툴거림을 이어 갔다.

"저번에 엄마가 같이 보자고 했을 땐 내뺐으면서, 비서 누나가 추천했다고 그걸 냉큼 보니?"

"……그런 게 아니라, 오늘 안형욱 씨랑 미팅이 있었거든요. 그래서 안형욱 씨의 대표작 하나 정도는 봐 두면 좋지 않을까 했어요."

그 구실을 댔더니 사모는 어머, 어머, 하며 눈을 반짝였다.

"안형욱 씨랑 만난 거니? 오늘?"

"네."

"어땠어? 화면에서 보던 것보다 잘생겼니?"

거, 아줌마. 남편이 바로 옆에 있는데…….

하지만 이태석은 이태석대로 질투를 하는 얼굴이 아니었다.

'팬심과 사랑은 구분 짓고 있는 건가?'

그 대신, 이태석은 흥미진진하단 얼굴로 대화에 직접 끼어들었다.

"안형욱 씨가 직접?"

"네, 아버지. 영화 하나를 제작할까 하는데, 안형욱 씨가 물망에 올라서요."

이태석이 턱을 긁적였다.

"흐음, 일 때문이라고는 하나 그 안형욱이 너를 만났다니 네가 하는 사업이 꽤나 궤도에 오른 모양이구나."

"무슨 말씀이세요?"

"나도 만나 본 적은 없다만, 소문은 들어서. 그 왜, 안형욱은 여간해서는 다른 사람을 만나지 않고, 대부분의 일은 매니저가 대행한다고 들었거든."

이태석이 아는 대로, 안형욱은 만나기 힘든 사람이라는 소문이 업계에 파다했다.

"그런 사람이다 보니 사적인 자리에 초대하는 것도 어렵고, 안형욱을 보려면 스크린이나 브라운관을 통해야 한다는 말이 있을 정도니까. 아무튼 네가 하는 일에 성과가 보이는 듯하니 제법이구나."

“과찬이에요.”

그런 사람이 나를 만나러 온 건 다른 꿍꿍이가 있었을 테니, 내 말은 겸양도 뭣도 아니었다.

‘나도 그를 만나기 직전만 하더라도 김승연 때문이라고 생각했는데, 그런 것도 아니었지.’

사모가 재빨리 끼어들었다.

“그래서 어땠니?”

“아……. 그게요.”

나는 여기서 크리스를 들먹여 볼까 싶어 힐끗 크리스를 살폈지만, 크리스는 여전히 생각에 잠겨 이 대화를 듣는 둥 마는 둥했다.

“신사적이시던데요.”

“역시 그랬구나. 또 뭐 어떻든?”

마음만 먹으면 이 기회에 크리스를 끌어들여 작품을 기정사실로 만들 수도 있겠지만, 나는 그러지 않기로 했다.

“……박학다식하셨어요.”

심지어 인도네시아 자바족 이름의 어원을 알고 있을 정도로.

‘사르또노 감독에 대해 꽤 잘 알고 있었으니 그 지식을 알고 있었던 걸까, 아니면…….’

잠시 그에 대해 생각하던 나는 눈을 반짝이며 내 대답을 기다리는 사모 탓에 생각을 관두고 대답을 이어 갔다.

"다만 저도 그 외엔 자세히 몰라요. 짧게 만나서…… 일을 마치고 곧장 헤어졌거든요."

그가 사장실에서 나와 독대한 걸 굳이 말할 필요는 없을 것이다.

"그래? 아쉽다……. 다음에 부를 일이 있으면 엄마도 부르렴."

"생각은 해 볼게요."

이후 식탁에서 화제는 안형욱이 출연한 작품과 그 작품이 얼마나 대단한지, 그리고 사모와 이태석 사이에 그의 대표작으로 꼽을 만한 작품은 무엇인지에 관한 소소한 설전이 이어졌다.

'사모야 그렇다 치고, 이태석도 은근히 안형욱의 팬이었던 모양이군.'

전생에는 몰랐던 사실들이 지금에 이르러서도 하나둘 추가되고 있었다.

'그나저나 안형욱은 장래 대한민국 재계를 주름잡는 이태석과 그 부인이 자신의 팬인 걸 알까 몰라.'

왠지 그 안형욱이라면 별로 신경도 안 쓸 거 같긴 하다만.

식사를 마친 뒤, 나는 크리스와 함께 내 방으로 향했다.

"지금 보니 아동용 서적이 꽤 많군그래."

"뭐, 대부분 한성진 남매들 거긴 하지만……. 일단 앉아. 커피라도 마실래?"

"됐어."

크리스는 심드렁하게 대답하며 침대에 걸터앉았다.

"아무튼 이제야 이야기를 계속 이어 갈 수 있겠군. 이성진 너, 아까 본 영화는 어떻게 생각하냐?"

하긴, 크리스와 나 사이에 스몰토크 같은 건 필요 없지.

다짜고짜 본론으로 들어간 크리스에게 나는 진심을 담아 말했다.

"좋은 영화던데. 최소한 문외한인 내 눈에는 괜찮게 보였어."

뿐만 아니라 아마추어 영화 마니아인 이태석도 호평한 영화였으니 나는 내 안목에 어느 정도 자신감도 생겼다.

"그렇지?"

그런데 어째, 크리스도 내 호평에 동조하는 뉘앙스였다.

"엥, 너 아까 영화 보기 전에는 시시한 오락영화라고 하지 않았냐?"

설마 이제 와서 입장을 바꾸겠다고?

"그랬지."

내 지적을 흔쾌히 인정한 크리스가 진지한 얼굴로 고개를 끄덕이며 말을 이었다.

"전생에는 그랬어."

"……뭐?"

그건 또 무슨 소리지?

크리스가 흠, 하고 한숨을 내쉰 뒤 다시 입을 뗐다.

"내 말인 즉, 〈헝그리 복서〉는 내가 전생에 봤던 것과 영 딴판인 영화가 됐단 말이다."

"……그건."

"맞아. 명백히 이상하지."

나는 크리스의 말에 머리가 멍해진 기분이었다.

"진짜야? 그게 전생이랑 다른 영화라고?"

"두 번은 말 안 해. 나도 지금 그것 때문에 머리가 터질 거 같으니까."

"……."

그건 '예전엔 몰랐는데 지금 다시 보니 좋은 영화더라' 같은 말이 아니었다.

크리스가 나를 물끄러미 쳐다보았다.

"본론에 들어가기 전에 먼저 물어보지. 오늘 안형욱을 만나서, 구체적으로 뭘 했냐?"

"어, 별로……. 아까 그건 식탁에서 이야기했잖아?"

크리스의 말에 당황해서 그런지, 말이 제대로 나오질 않았다.

"구체적으로. 너 기억력 좋잖아? 가능한 토씨 하나 빼놓지 말고 말해."

"……알았어."

그래서 나는 크리스의 요청에 응했다.

차근차근 내 이야기를 경청한 크리스는 이내 고개를 끄덕였다.

"과연."

"……뭐가?"

크리스는 내 질문을 무시하고 제 할 말을 이어 갔다.

"아무튼 내 생각에는 안형욱도 너나 나 같은 전생자인 것 같군."

그 말에 흠칫하면서도 크게 놀라지 않은 건, 나도 어렴풋이 그 가능성을 떠올리고 있었기 때문일까. 아니면…….

"그거…… 확실한 거냐?"

"그게 아니면 달리 이 상황을 설명할 다른 내용이 있기라도 한가?"

그야…… 그건 크리스가 착각을 하고 있다거나.

크리스는 현실을 부정하려는 내 구차한 생각을 읽기라도 한 양 히죽, 입매를 비틀었다.

"심지어 이번 생에 안형욱을 만나 본 건 여기서 네가 유일해. 설마, 너는 아무런 위화감도 느끼질 못했어?"

있다.

크리스의 말을 전제로 사고하면 안형욱의 행동거지는 '기인'이라 퉁치고 넘어가기엔 이상한 점이 꽤 있었다.

인물 평가에 대해선 초능력이라고밖에 설명할 길이 없는 전예은은 안형욱을 보고서 '심해처럼 어둡고, 끝이 보이지 않는' 느낌이라고도 말했다.

크리스가 어조를 고쳐 말을 이었다.

"한 번은 그럴 수 있어. 우연의 일치라거나 뭐, 그런 일이 한 번은 생길 수 있지. 하지만 같은 일이 두 번째 일어난다면 그때부턴 세 번째나 네 번째 케이스가 있을 수 있다는 것쯤은 상식 아닌가?"

"……."

"이 세상에 전생을 기억하는 인간이 너뿐이라면 그렇다 생각해도 되지만, 이미 나란 존재가 나타났다. 그렇다면 나나 너 외에 다른 전생자가 있을 수 있다는 것쯤은 예상해야지."

그제야 나는 크리스가 말한 것들이 무슨 의미를 가지고 있었는가를 이해했다.

「두 번 말하지 않을 테니까 잘 들어. 나는 절대 대중들 앞에 모습을 드러내지 않을 거다.」

「줄곧 생각하던 거지만, 한성진, 너는 너무 조심성이 없어.」

……즉, 크리스는 처음부터 그 점을 염두에 두고서 행동해

온 것이었다.

'다른 전생자에게 자신의 존재를 알리지 않기 위한…… 그녀 나름의 보험이었던 거지.'

그리고 크리스의 우려는 정황상 사실로 드러났다.

만약 안형욱이 전생을 기억하고 있는 인간이라면, 이번 생에 벌어진 '명백히 다른' 일들에 대해 눈치챘을 것이다.

「그래, 알아보니 꽤 거하게도 일을 저질러 왔더군. 성수대교 붕괴도 없던 일이 됐고, 삼풍백화점 피해도 최소한으로 그쳤어. 이 정도만 하더라도…….」

상대는, 그러니까 다른 전생자 A는 누군가가 미래를 알고서 그 참사를 막았다는 걸 알아챘을 것이다.

'그리고 그 일로 누가 어떤 이득을 보았고, 전생과 달라진 확실한 요소가 무엇이었는지조차…….'

「넌 이미 나이에 걸맞지 않은 성과를 올리고 있는데도? 아무리 천재라고 포장해도 거기엔 한계가 있기 마련이야.」

이래서야 크리스가 내게 말했던 조심성이 없다는 것이 무슨 의미를 말했던 것인지, 바보라도 알 수 있을 터.

'그 바보인 나조차도.'

크리스가 나타났을 때, 그런 가능성을 고려했어야 했다.

하지만 나는 그러지 않았고, 크리스의 말을 듣고서야 사태의 심각성을 깨달았다.

"뭐, 거기서 끝나면 좋겠지만 상황이 상황이다 보니 나로서는 좀 더 극단적인 가설까지 세우게 되더군."

"뭐?"

크리스의 말에 나는 고개를 홱 돌려 그녀를 보았다.

"여기서 더?"

크리스가 고개를 끄덕였다.

"그래. 너나 내가 기억하는 전생……. 그 세계는 과연 '멀쩡한 세계'였을까? 그리고 이 세계는 과연 그 '다음 세계'일까?"

"그건 또 무슨 소리냐?"

"이를테면 이런 거지. 너나 나는 A라는 전생의 세계에서 왔다. 하지만 이 세계는 B가 아닌 C나 D일지도 모른다는 거야."

크리스가 어깨를 으쓱였다.

"아니, 애당초 우리가 기억하는 전생의 세계가 A였는지도 확실치 않군. 어쩌면 이미 B이거나 C, 그 이상일지도 모른단 의미다."

"……."

"즉, 이런 거지. 너……. 그러니까 전생의 한성진과 이성진이 죽은 것도 누군가, 아마 전생자일까? 어쨌건 그 존재에게는 그 세계가 '이성진이 죽어야 이득인 미래'를 그린 결과를 알고서 했을지도 모른다는 뜻이야."

크리스의 말은 우리가 기억하는 전생과 이번 세계는 바로 직후가 아닐지도 모르며, 심지어 우리가 기억하는 전생 속 세계조차 어느 전생자가 한 차례 루프를 거친 세계일지 모른다는 소리였다.

크리스가 어깨를 으쓱였다.

"뭐, 그러는 나도 너처럼 전생의 이성진이 죽고 난 뒤 세계가 어떻게 변했을지 모르니 그 일로 누가 이득을 보았을지는 알지 못하지만."

"……."

"어쨌거나 안형욱은 우리가 기억하는 전생의 세계 이후, 최소한 우리보다 더 일찍…… 그리고 그에 따른 결과를 알고 있는 인간일지도 몰라. 덧붙이자면 안형욱이 전생을 알고 있는 인간이라면 그는 이미 너 또한 전생을 기억하는 인간인 것쯤은 알아챘을 테지."

나는 크리스의 말에 고개를 끄덕였다.

안형욱의 〈헝그리 복서〉가 전생과 다른 작품이라고 한다면, 안형욱은 최소한 영화가 만들어진 60년대 이후부터 전생을 기억한 채로 이번 생을 시작한 것이 될 테니까.

"아무튼 그러니 안형욱을 없애는 것은 바람직하지 않을지도 몰라. 어쩌면 안형욱은 우리가 죽고 전생하지 않은 사이 세계를 살았던 인간일지도 모르니까."

나는 크리스의 말에 눈살을 찌푸렸다.
"안형욱을…… 죽여?"
"뭐. 그게 가장 심플한 해결책이잖아?"
"……."
"물론 나는 그걸 권장하지는 않겠어."
"왜, 살인은 나쁜 거니까?"
크리스가 픽 웃었다.
"지랄하고 있네. 이제 와서 무슨……."
"……."
"그런 단순한 이유가 아니야. 만약 안형욱이 앞서 말한 B, C, D……등등의 세계를 기억하는 인간이라면 그는 네가 자신이 전생자임을 알아낸 미래 또한 알고 있을 공산이 크니까."
만약 안형욱이 내가 알지 못하는, 지금의 나와 마찬가지로 전생을 기억하는 나와 이미 접촉을 마친 기억을 갖고 있는 B의 세계에서 건너온 인간이라면 내 행동거지쯤은 이미 그 손바닥 위에 있을 거란 의미였다.
"이제 어떻게 할 거냐?"
크리스의 말에 나는 고개를 들었다.
"뭘……?"
"안형욱이 너나 나 같은 전생자라는 걸 알았잖아. 안형욱을 죽이는 건 기각하더라도 그와 조력자로 거듭날 수 없는 관계라면 최소한 서로 간섭하지 않도록 하는 정도는 할 수

있지 않겠냐?"

"……그건 모순이군. 아까 너는 전생자가 우리의 전생에서 '이성진이 죽어야 이득인 미래'를 그렸을지도 모른다고 하지 않았냐? 그런 거라면 안형욱은……."

"씁."

크리스가 인상을 찌푸렸다.

"너답지 않게 머리가 안 돌아가는걸. 그 말 전에 내가 뭐랬지? 두 번째가 있으면 세 번째도 있다. 세 번째가 있으면……."

"네 번째도 있다?"

"그래."

크리스가 고개를 끄덕였다.

"이제야 말귀를 좀 알아먹는군. 우리 둘의 전생에 너나 이성진을 좆 되게 만든 건, 안형욱이 아닌 또 다른 전생자일지도 모른다는 거다."

"……."

"뭐, 가설이긴 하지만 안형욱은 너와 손잡은 미래를 알고 있을지도 모르지. 어쨌거나 안형욱이 네게 접근했다는 건, 최소한 네가 자신을 해치지 않을 거란 걸 알고 있었기 때문일 테고."

크리스가 픽 웃었다.

"하긴, 생각해 보니 아까는 괜한 말을 했군. 굳이 내가 말리지 않더라도 너는 안형욱을 죽이지 않고 내버려 두었을 것 같으니까 말이다.”

“…….”

“어쨌거나.”

크리스가 말을 이었다.

“지금은 이렇게도 생각해 볼 수 있겠군. 우선, 안형욱은 무해한 인간이라고.”

“무해해?”

나와 마찬가지로 전생을 기억하는 인간이?

알고 있으니 하는 말이지만, 전생을 기억하고 있다는 것, 심지어 그 시간 축을 반복해 산다는 것은 세상이 어떻게 돌아가는지 그 미래를 아는 것이라고도 할 수 있다.

그리고 미래가 어떻게 될지 안다는 건, 그 자체로 엄청난 힘이기도 했다.

당장 나만 하더라도 이번 생을 살며 짧은 시간 동안 많은 일을 해 오지 않았던가.

‘그런데도…… 안형욱이 무해한 인간이라고?’

크리스가 턱을 긁적였다.

“그래. 아까 네게 안형욱에 대해 듣고서 떠올린 생각이지만……. 문득 어느 영화가 생각나더군.”

“영화?”

“이번 경우는 〈사랑의 블랙홀〉과 〈멋진 인생〉을 합친 느낌이려나?”

나는 잘 모르는 영화였다.

"나 참, 이성진의 몸으로 살면서 그 정도 문화 소양도 없어서야……. 특히 프랭크 카프라 감독의 〈멋진 인생〉은 미래에도 회자될 만큼 미국의 대표적인 크리스마스 가족영화라고. 너도 어디 가서 문화인 행세를 할 거라면 제목이라도 알아 둬."

나는 크리스의 말을 끊었다.

"……그래서 넌 이 상황에 대체 무슨 말을 하고 싶은 건데?"

"쯧……."

크리스는 잠시 나를 한심하다는 듯 쳐다보았다.

"아마 이 집에도 비디오나 필름이 있을 테지만, 지금은 그걸 보고 있을 시간도 생각도 없으니 간단하게 말하지. 만약 네가 어느 특정 하루를 계속해서 반복해 산다면 어떨 거 같냐?"

하루를 반복해서 산다?

그렇다면…….

"아마, 하고 싶은 대로 하지 않을까?"

"일차원적인 대답이군. 좀 더 생각해. 네가 사는 하루는 네가 뭘 어떻게 해도 벗어날 수 없는 하루야."

선문답을 주고받을 기분은 아니었지만, 나는 크리스가 시킨 대로 좀 더 생각해 보았다.

모든 욕망을 다 해소해도, 결국 벗어날 수 없는 하루……라면.

"니체의 영원회귀 같은 건가?"

"……영화는 모르면서 어째 니체는 아는군. 네 안에서 문화 교양의 균형은 어떻게 되어 먹은 거냐?"

"냅둬."

"뭐, 아무튼."

크리스가 어깨를 으쓱였다.

"방금 그게 영화 〈사랑의 블랙홀〉의 주제야. 그러면 다음으로, 네가 존재하지 않는, 네가 무언가를 하지 않음으로서 발생한 세계는 어떻게 될까?"

방금 그게 〈사랑의 블랙홀〉이었다니, 이번에는 〈멋진 인생〉이라는 영화의 플롯인 모양이었다.

크리스가 고개를 끄덕였다.

"그래, 그리고 아마 안형욱은 지금 그 두 영화의 플롯에 악의를 담아 과장하고 뒤틀어 섞어 놓은 삶을 살고 있을 거란 의미야."

"……."

나는 왠지 크리스가 하려는 말이 무엇인지 조금, 알 것 같았다.

즉, 크리스의 (주관적인)해석에 의하면 안형욱은 자신의 삶을 몇 번씩, 계속해서 반복해 오고 있었다는 말이었다.

'그렇게 생각하면 안형욱이 보인 기인의 풍모도 납득하지 못할 건 아니지만……'

그것도 어디까지나 크리스의 억측에 불과한 이야기다.

'그렇긴 하나, 왠지 모르게 그 생각이 맞을지도 모른다는 느낌이 드는군.'

나는 생각난 김에 물어보았다.

"그러면 안형욱이 이번 생에도 배우로 활동하고 있는 건 왜지? 나라면……."

"다른 일도 해 보았겠지, 물론."

크리스가 심드렁하게 대꾸했다.

"아까 〈헝그리 복서〉에서 안형욱의 연기를 어떻게 생각해?"

"두말할 것도 없이 최고였지."

"음…… 그것도 있지만, 나는 특히 복싱에 주목했다."

"복싱?"

"내 눈에 그건 연기자가 연출의 힘을 빌려 흉내만 낸 수준으로는 보이지 않더군. 어쩌면 안형욱은 한때 복서로서의 삶도 살아 보지 않았을까?"

그렇게 말하는 크리스는 전생에 복싱을 접해 보았거나 복서 출신이었다거나 한단 걸까?

뭐, 멀리 갈 것도 없이 당장 전생의 이성진만 하더라도 취미로 종합 격투기를 했던 인간이긴 하니까.

"어쨌거나."

크리스가 나를 물끄러미 쳐다보았다

"아마 한때는 안형욱도 다른 삶을 살아 보려 했을 거야. 온

갖 부귀영화도 누려 봤을 테고……. 남에게 말 못 할 짓을 해보았을지도 모르지. 다만 어쨌건 여기에 '나라면'이라는 추측을 덧붙이고 싶지는 않군."

"왜?"

"그것도 어디까지나 네게 닥친 상황에 의거한 너의 주관이며 너의 본질이니까."

"……."

"안형욱은 원래도 배우였어. 그가 자신의 본질을 배우 일을 하는 것에서 찾았다면, 긴 방황을 거쳐 그 일로 되돌아온 거라고 보는 것쯤은 어렵지 않으니까. 네가 뭘 해도 이성진 그 자체가 될 수는 없는 것처럼."

크리스가 턱을 긁적였다.

"흠…… 뭐, 나도 어디까지나 이번 이야기를 그가 '전생에도 전전생에도 안형욱이었다'는 걸 전제로 이야기하고 있는 거긴 하지만 말이야. 너도 그렇겠지만 나도 이번 생에는 팔자에도 없는 바이올리니스트가 되려 하고 있으니……."

크리스는 '그나저나 이 일에 뭔가 룰이 있는 건가?' 하고 중얼거렸다가 어조를 고쳐 말을 이었다.

"어쨌거나 결과적으로 안형욱은, 우리가 기억하는 전생처럼 배우의 삶을 택했다. 아마 여기에는 아까 이야기한 〈멋진 인생〉을 예시로 삼을 수 있겠군. 안형욱이 배우로서 자신을 유지하는 건 '그러지 않았을 때' 지켜본 자신의 인생, 거기서 생겨난 변수와 결과가 마음에 들지 않았거나 그 생을 자신이 감당하지 못할 것이라고 판단했기 때문일지도 몰라."

크리스가 어깨를 으쓱였다.

"아니면 그냥 내려놓았을 뿐일지도 모르고. 그가 이번 생에 배우를 하고 있는 것조차 '변덕'에 불과할지도 모르는 일이야."

"……."

크리스가 고개를 저었다.

"뭐, 그렇게 말은 했지만 우리는 결코 안형욱을 이해할 수 없겠지. '나라면' 미쳐도 진작 미쳐 버렸을 거 같군. 아니 이미 한 번 미쳐 본 적도 있으려나?"

크리스는 그 말을 하며 한 차례 냉소적으로 웃었다.

'그럴지도 모르겠군.'

더군다나 그 삶은 크리스가 예시로 든 영화의 '하루'가 아닌 수십 년의 삶이었고, 그 여러 차례 인생의 하세월 동안 안형욱의 인간성과 정신은 차츰 마모되어 갔을지 모른다.

'오늘 본, 어딘지 세상사에 무관심해 보이는 풍모도 거기서 나온 걸까.'

또, 흔히들 배우란 배역을 맡을 때마다 그 배역의 삶을 산다고도 하지 않던가.

어쩌면 안형욱이 지금 다시 배우로서의 삶을 사는 것도 그 정신이 붕괴되지 않도록 안착한 종착점일지 모르겠다.

크리스가 말을 이었다.

"아무튼 내가 말하고 싶은 건, 그도 긴 방황을 거쳐 '처음 살았던 인생대로' 사는 것이 자신에게 가장 맞는 인생이라는 생각을 했을 거란 거다."

어째서일까, 나는 그 대목에서 안형욱이 내게 했던 어떤 말을 떠올렸다.

「앞서 말씀드렸듯 저는 이미 김승연을 딸로서 사랑하고 있습니다. 그거면 이미 충분하지 않습니까?」

그 가설에 근거해 생각하자면 이번 생의 그는, 아니 이번 생에'도' 그는 김승연을 딸로서 사랑하고 있었다.

안형욱이 전생을 거듭해 사는 인간이라면, 그 생의 어느 틈바구니에는 김승연이 존재한 적 없는 생이 있었을지도 모르고, 김승연을 딸로 공개한 생이 있었을지도 모른다.

하지만 안형욱은 그가 첫 인생 때 낳은 김승연을 사랑하고 있었기에 지금, 그녀란 존재가 있는 세계가 되는 삶을 살고 있다.

'또, 그에 못지않게 지금의 아내와 자식도 사랑한다고 했지.'

그 정신은 우리와 다를 테지만, 이는 안형욱도 나름대로 신경을 쓴 결과란 의미였다.

'그 형태와 의미는 내가 아는 사랑과 무척 다르기는 하겠지

만.'

나는 고개를 끄덕였다.

"얼추 알겠어. 네 '가설'대로 안형욱이 이미 여러 차례 전생을 반복한 전생자라고 치자."

크리스는 '가설'이라는 단어에 눈썹을 씰룩였지만, 계속해 보라는 듯 내게 눈짓했다.

내가 물었다.

"그러면 안형욱이 오늘 나를 찾아온 이유는 뭐지?"

크리스가 손가락을 딱, 하고 튀겼다.

"그게 오늘의 본론이야."

"본론?"

"그래. 일단 이 말부터 해야겠군. 아마도 안형욱은 언젠가의 인생에 '전생자 이성진'과 함께 일을 해 보았거나 너를 겪어 보았을 거다. 아니 어쩌면 바로 직전에 이미 해 보았을지도 모르지. 가만 보면 안형욱은 김승연이 네 밑에 있는 것이 가장 괜찮다고 생각하는 중이지 않았냐?"

"……음."

내가 기억하지 못하는, 아니 할 리가 없는 어느 존재, 그러면서 내 행동을 예측하고 나를 그 술수대로 놀아나게 하는 존재라.

'묘하게 불쾌하군.'

하긴 뭐, 다른 사람도 나를 보면 내심 이런 식으로 생각하지 않을까?

"아무튼 그렇다고 쳐. 그래서 어떻다는 건데?"

"여기부터가 중요해. 어쩌면 지금 이 상황은 안형욱이 겪어 보지 못한 세계일 거란 점이다."

"……변수?"

크리스가 고개를 끄덕였다.

"그래, 그것도 안형욱 본인은 '아무것도' 하지 않았는데, 뭔가가 바뀌었다는 점이지. 그 뭔가란 건 그가 받아 본 적 없는 캐스팅 제안이거나……. 뭐가 되었건 간에 안형욱이 눈을 반짝이며 다가올 만한 일이겠지."

크리스가 말을 이었다.

"생이 반복되고 지루한 거라고 생각하는 안형욱에게 이번 변수는 이 억겁의 굴레를 벗어날 단초일지도 모르고, 그것이 아니더라도 그 자체로 흥미로운 일일 거야."

"너는 그 변수에 짐작 가는 일이 있나 보군."

내 말에 크리스가 씩 웃었다.

"있지. 그건……."

크리스가 엄지를 들어 자신을 척 가리켰다.

"바로 나다."

"너?"

"그래. 안형욱에게 나란 존재는 그 인생에 없던 변수인 거야."

"……."

……자의식 과잉인가?

크리스가 나를 흘겨보았다.

"뭐?"

"내가 뭘?"

"너, 생각하는 게 은근히 표정에 드러나니까 그런 쪽은 조심하는 게 좋아."

"……맞아, 솔직히 자의식 과잉이라고 생각했어."

"아무튼."

크리스가 무뚝뚝하게 말을 이었다.

"애당초 이번 인도네시아 영화 건이 어떻게 나왔는가를 생각해 본다면 알 수 있는 일이지."

그러니까, 어디 보자…….

"방준호 감독이 너를 사르또노 감독이 구상 중인 작품에 적합하다고 생각해서 캐스팅했던 거 말이지?"

"그래."

크리스가 고개를 끄덕였다.

"그로 인해 그 장소에 나와 함께 있던 장여옥이 캐스팅의 물망에 올랐고, 말뿐이던 이야기가 본격적으로 굴러가기 시작했어. 뭐, 여기에 안형욱을 끌어들이려고 한 건 네가 자청한 일이긴 하지만……."

"……그조차도 상정 범위 내의 일일 가능성은?"

크리스가 코웃음을 쳤다.

"그런 일은 없다고 봐. 안 그러면 그 안형욱이 '나'를 만나고자 네게 부탁할 일도 없었을 테니까."

"……."

그것도 그러네.

"또, 생각해 보면……."

크리스는 무언가 말하려다가 말끝을 흐리더니 고개를 저었다.

"아니, 그 이야기는 나중에 하지."

"뭔데?"

"아직 말할 단계가 아닌 거 같아서."

크리스는 내 의문을 묵살한 뒤 다시 제 할 말을 이어 갔다.

"어쨌거나 안형욱은 이 이야기가 나온 거 자체를 흥미로워하고 있어. 그래서 '예정에도 없이' 친히 너를 찾아뵙는 수고로움까지 감수한 걸 테지."

"……그건, 흥미가 갈 만한 이야기일까?"

크리스의 가설을 들은 지금 생각해 보면 안형욱은 전생에 사르또노 감독을 알고 있었거나 그와 작품을 해 본 적이 있을지 모른다.

또, 어쩌면 장여옥과도 함께 일을 해 보았을지 모르고.

크리스가 내 지적에 어깨를 으쓱였다.

"아무래도 천희수도 네게 그때 장여옥과 있었던 일 전부와

당시의 미묘한 뉘앙스까지는 전달하지 못한 모양이군. 하긴, 그날 있었던 일 전부를 알 수는 없겠지."

"무슨 일이 있었냐?"

"있다면 있어. 뭐, 너라면 자의식 과잉이라고 웃어넘길지도 모르지만."

"……."

크리스는 뒤끝이 있는 녀석이었다.

크리스가 말을 이었다.

"장여옥은 말이지, 아마도 원래라면 이 제안을 받아들이지 않았을 거다."

"……원래라면?"

"가설이야. 내가 보기에 당시 장여옥은…… 정상이 아니었거든."

"정상이 아니다?"

"너도 만나 봤으니 알 텐데?"

"글쎄다, 나는 이번 생에 장여옥을 처음 본 거라서."

크리스가 툭 말을 던졌다.

"유산."

"아."

듣고 보니, 요한의 집에서 만난 장여옥은 고아원 아이들을 물끄러미 지켜보곤 했다.

크리스가 말을 이었다.

"뭐, 그런 일이 있어서인지 그 외에 다른 일이 있는지는 나도 모르지만, 거기서 장여옥은 나를 무척이나 마음에 들어 했지."

"네 입으로 자평할 정도냐?"

"장여옥이 나를 입양하려고 했다면, 근거로서는 충분하지 않냐?"

……그건 처음 듣는군.

크리스가 피식 웃었다.

"물론 적당한 구실을 대서 거절하기는 했지만 말이야."

"왜 안 갔어?"

"왜긴……."

크리스는 무어라 말을 하려다가 그 이유를 얼버무리듯 답했다.

"그냥."

"……그냥? 그냥 그랬단 이유로 차 버리기엔 아까운 제안인데?"

그것이 설령 유산한 자신의 아기의 대체물이라 할지라도, 크리스가 그런 섬세한 걸 신경 쓸 성격도 아니고.

"나 혼자 잘 먹고 잘사는 길을 택하려면 그게 맞겠지. 하지만 그러고 싶지 않았다. 단지 그뿐이야."

"……."

그건, 녀석에게도 녀석 나름대로 이번 생의 목표가 있다는 말일까.

크리스가 말을 이었다.

"아무튼 내 존재가 장여옥에게는 위로가 된 모양이더군. 그 결과 장여옥은 회식에도 참여했고, 거기서 영화에 출연한다는 이야기도 나오게 된 거야. 그 전이라면 장여옥도 방준호의 제안을 고려하지 않았을 것 같군."

크리스는 무슨 일이 있었는지 자세한 이야기를 하지 않았지만, 천희수도 장여옥이 회식 자리에 잘 어울렸다는 말을 했으니…….

'하긴, 요한의 집에서 본 장여옥의 인상에선 상상도 못 할 이야기이긴 했어.'

자의식 과잉이건 아니건, 결과적으로 크리스의 존재는 장여옥이 그녀의 슬럼프를 극복하는 계기 중 하나가 된 모양이었다.

크리스가 말했다.

"물론 이 일을 오롯이 나 혼자만 해낸 거라고는 보지 않아. 여기엔 분명 네가 지금껏 거하게 저질러 온 일의 영향도 있을 거다."

"나?"

"그래. 만약 방준호 감독이 윤아름을 캐스팅해 〈우리들 이야기〉를 찍지 않았다면 그가 이 시기에 국제영화제에 초청될 일은 없었을 거고, 자연히 그가 사르 뭐시기 감독과 알게 될 일도 없었겠지."

"……음."

뿐만 아니라 어쩌면 장여옥이 방한하는 일도 없었을지 모른다.

'오피셜로는 영화 홍보차 방문한 거지만, 속뜻은 방 감독을 만나 보고 싶다는 게 그녀의 방한 이유였으니까.'

윤아름을 캐스팅한 결과가 장여옥이 출연하는 영화로 이어졌다는 건 내게도 꽤나 공교로운 이야기였다.

크리스가 고개를 까딱였다.

"아무튼 그럼에도 불구하고 내가 없었다면 그 영화 제작 이야기가 물망에 오를 일도 없었고, 안형욱이 관심을 가질 일도 없었을 테지. 그런 일들 속에서 안형욱은 방준호 감독이 눈여겨본, 그리고 장여옥을 끌어낸 나라는 존재를 네 회사에서 알게 되었다……. 이만하면 세상만사에 흥미가 없을 안형욱이 꽤 흥미를 가질 만한 이야기이지 않을까?"

이쯤 하니 나도 크리스의 공로를 인정하지 않을 수 없었다.

'하지만 곰곰이 생각해 보면…….'

크리스라는 변수가 없던 안형욱의 '전생'에도 장여옥의 방한까지는 예정된 일이었을까.

나는 잠시 생각에 잠겼다.

만약 크리스의 생각대로 그녀의 존재가 안형욱에게 변수

라고 할 경우, 반대로 지금껏 내가 해 온 일 모두가 '예정'대로의 일이었을 거란 의미였다.

'거기엔 아마 내가 어느 정도 충동적으로 저질러 버린 일들까지 포함해서…….'

그렇다면 그에게 박상대와 조설훈의 때 이른 죽음조차도 기정사실이었다는 것일까?

'……그리고 안기부가 지금 부산에서 하고 있는 일들까지도.'

크리스의 말이 내 짧은 상념을 깨웠다.

"다만 지금부터 생각해 볼 문제는, 내가 안형욱을 만나는 것이 득이 될지, 아니면 독이 될지를 고민하는 거야."

"……득? 독? 그렇군."

만약 안형욱이 내 편이 되어 준다면 이보다 더 든든한 아군도 없을 것이다.

그는 내가 모르는 '이 세계'의 미래까지도 알고 있을 것이고, 어쩌면 전생에 이성진의 암살을 사주한 인간이 누군지도 알고 있을지 모른다.

'……하지만 동시에 내가 크리스에게 한 거짓말이 들통 날 가능성도 있겠군.'

크리스는 이성진을 죽인 것이 나라는 걸 모른다.

지금이라도 그걸 밝힐까 하는 생각이 들지 않는 것은 아니나, 나는 만에 하나를 대비해 그 일은 비밀에 부쳐 두기로 마음먹었다.

한편, 독이라고 할 만한 부분은 안형욱이 이성진의 죽음에 관여한 인물과 한통속일 가능성이었다.

"크리스 네가 생각하는 독은 그거지? 우리와 안형욱을 제외한 또 다른 전생자의 존재."

"그래."

크리스가 고개를 끄덕였다.

"그걸 위해서라도 내가 안형욱을 만나느니 마느니 하는 것 이전에 고려할 사항이 몇 가지 있어. 우선 안형욱에게 어디까지가 '예정'이고 어디부터가 '변수'인가 하는 점을 짚고 넘어가야겠지. 그걸 알면 아까 말한 또 다른 전생자의 변수가 어디에 있는지도 알 수 있을 거야."

"……단순하게 생각하면 네가 한국에 온 일, 혹은 네가 미국에서 있을 때 생긴 일 전체가 안형욱에게 변수이지 않을까?"

크리스가 씩 웃었다.

"그런 말을 하는 걸 보면 너도 이제 이 상황을 얼추 받아들인 모양이군."

나는 어깨를 으쓱였다.

"애당초 너나 내가 이 시대에 환생한 것부터가 말도 안 되는 일이잖아? 처음부터 그걸 인정하고 넘어갔으면 다른 일도 받아들여야지."

"좋아."

고개를 끄덕인 크리스가 어조를 고쳐 말을 이었다.

"그러면 내가 채한열의 눈에 든 것부터 짚고 넘어가야겠군. 애당초 채한열이 왜 미국에 있었던 거냐?"

"아, 그거……."

나는 말하려다가 입을 다물고 크리스를 보았다.

크리스는 내가 대답을 중단한 걸 의아하게 생각했는지 눈썹을 씰룩였다.

"왜? 계속해."

"……그보다 너, 채한열이 어떻단 건 어떻게 아는 거냐?"

내 지적에 크리스는 움찔했다가 뺨을 긁적였다.

"뭐…… 그건 내가 류선아 의원과 개인적으로 아는 사이였다는 정도만 말해 두지."

"마당발이군."

크리스가 어깨를 으쓱였다.

류선아 의원은 채한열이 사내 불륜으로 아내와 갈라선 뒤, 어머니의 재혼한 상대를 따라 성을 바꾼 전생의 채선아다.

'나도 그 사실을 눈치채는 게 좀 늦었는데 말이야.'

그런데 그런 사생활 관련 내용도 알 정도라니, 크리스는 대체 전생에 뭘 하던 녀석이었던 걸까.

"아무튼 그래서?"

크리스의 재촉에 나는 하려던 대답을 이어 갔다.

내 이야기를 들은 크리스가 고개를 주억거렸다.

"흠, 채한열은 당시 성수대교 붕괴랑 관련이 있던 인물이었나."

"정확히는 그 보도를 한 책임자였지. 어쨌거나 채한열이 전생처럼 아주 미운털이 박히지는 않았지만 그래도 사내 파벌에 밀린 건 분명해. 하지만 결과상 성수대교 붕괴 조짐이 있었던 건 사실로 드러났으니 그나마 미국에 전근을 가는 걸로 퉁 친 모양이야."

여담으로 나는 채선아와도 아직까지 종종 연락을 주고받고 있는데, 그녀는 내가 자신이 다니는 중학교로 오는 일을 학수고대하며 기다리고 있단 말을 했다.

전생에는 국회의원이기도 했겠다, 타고난 카리스마라도 있는지 중학교 3학년이 되는 내년에는 그녀가 초등학교 때 그랬듯 차기 학생회장에도 출마할 예정이라나.

'학생회장이 뒷배로 있다면 낯선 곳에서 시작하는 내 중학교 생활도 꽤 평안하겠군.'

뭐, 지금은 그게 중요한 건 아니고.

"혹시 그 일에 안형욱이 개입해 있는 건 아닐까, 생각한 거라면 그건 아닐 거라고 봐."

내 말에 크리스가 고개를 끄덕였다.

"그럴 거야. 안형욱도 그런 큰일에는 개입하지 않을 테니까."

"……다른 전생자를 경계해서? 이미 그 작품 세계부터가

전생과 다른 모양인데.”

“그도 그 정도쯤은 괜찮다는 걸 확인했겠지. 안형욱의 구작은 지금도 찾아보기 쉽지 않을뿐더러 전생에도 이미 국민배우의 반열에 올랐던 인물이야. 당장 너만 하더라도 그 부분에 위화감을 갖지는 않았잖아?”

“음…….”

그렇게 말하니 나도 할 말이 없군.

크리스가 다시 입을 뗐다.

“그보다 나는 안형욱이 ‘무해한 인간’이라고 했잖아? 그 생각 자체에는 변함이 없거든. 다만, 너랑 내가 생각하는 ‘무해하다’는 입장 차이는 짚고 넘어가야겠군.”

크리스가 고개를 까딱였다.

“당장 성수대교 건만 보더라도, 그때 시공한 동화건설이 그 일로 문제가 되어서 분당 토목 사업에서 발을 떼게 되었잖아? 그리고 그 반사이익을 이태환의 삼광건설이 가져갔고. 아, 지금은 벌써 삼광물산이랑 합병했지?”

“……하지만 그건 전생에도 마찬가지였어. 오히려 이번 생에는 그 사고로 사람이 죽지도 않았으니 더 잘된 일이잖아?”

“쯧.”

크리스가 혀를 찼다.

“그건 전생을 알고 있는 너나 나만 할 수 있는 생각이지. 이번 일의 ‘표면’만 놓고 보자면 결과적으로 성수대교는 무너지지도 않았고, 어디까지나 그럴 가능성만 있는 상태로 부실 시공과 비리가 드러났을 뿐이야. 그러면, 이 일로 동화건설 관계자는 누구에게 원망의 화살을 돌릴까?"

"……."

딱 방귀 뀐 놈이 성낸다는 말이 어울릴 상황이지만…….

'그러고 보니 당시 이태환도 관련 사실을 알고서도 표면에 나서지 않고 측근을 시켜 부실시공 자료를 언론사에 뿌렸지.'

그건 이태환이 그 나름대로 '적'을 만들지 않기 위한 보험이었던 것이리라.

그에 비하면 나는 당장 눈앞의 일에 눈이 멀어 다른 요소를 배제하고 달려들었을 뿐이었다.

'이래서야 나는 아직 멀었군.'

자책하는 나를 향해 크리스는 고개를 까딱였다.

"어쨌거나 내가 말한 '무해'하다는 건 그런 의미야. '원래'대로라면 성수대교 사고로 죽은 사람은 '원래 일어나야 했을' 일이지. 안형욱은 그 일을 막아 동화건설 관계자 측의 원망을 듣지도, 생존자들에게 감사를 받지도 않았어. 뭐, 후자 쪽은 당연한 일이지. 사건의 생존자들은 그 일로 자신이 생존한 건지도 모를 테니까."

"……."

"그런 의미에서 너는 운이 좋았어. 네가 덮어 써야 할 원망을 채한열이 대신 가져갔으니까……. 뭐, 그 바람에 채한열은 팔자에도 없던 미국으로 갔지만."

그래, 채한열의 미국행도 사실상 뒤늦은 보복성 조치나 다름없는 거였다.

"……그런 의미에서 안형욱이 '무해'하다는 말이었냐?"

"그래. 안형욱은 딱히 히어로, 영웅이 될 생각은 없는 인간이야. 영웅에는 적도 따르는 법이거든. 그런 무난함이 그를 안티가 없는 '국민 배우'의 반열에 올려 둔 거겠지만."

"……."

하긴, 나 역시도 사람을 구하려고 성수대교 붕괴를 막은 건 아니었다.

'어쩌다 보니 결과적으로 그렇게 됐을 뿐이지.'

그러니 나에게는 그런 안형욱을 비난할 자격도 없고, 그럴 생각도 들지 않았다.

크리스가 나를 물끄러미 보았다.

"그러고 보니 삼풍백화점에 인명 피해를 막은 것도 네가 한 짓이었지? 나도 대강 듣기는 했다만 구체적으론 뭐였던 거냐?"

"응? 아, 그거……."

나는 이진영의 소개로 제니퍼를 소개받은 일과 그녀와 함께 레스토랑 시저스를 창업하게 된 일화를 크리스에게 전했다.

그때 삼풍백화점에 입점하기 직전이던 시저스를 가만 내

버려 둘 수 없었던 나는 이휘철을 이용(이용했다고는 하나, 그 또한 이해관계가 일치했을 뿐이었지만), 삼풍이 큰 꿈을 꾸게 만든 직후 각종 부실 거래 장부며 부실시공 의혹을 전면에 드러나게 만들어 삼풍백화점이 물리적으로 무너지기 전에 부도를 내게 만들었다.

그 결과 삼풍백화점과 시저스의 계약이 자연스레 무산되도록 한 것은 물론이다.

'뭐, 그 이후 실제로도 건물이 무너지긴 했으니…….'

내 이야기를 들은 크리스가 고개를 끄덕였다.

"그래서였군. 그 일을 계기로 너는 해림식품을 끌어들여 S&S의 대표가 된 거고?"

"그런 셈이지. ……이번에도 내가 적을 만들고 말았다는 이야기를 하려는 거냐?"

"그 정도는 아니야. 삼풍은 예나 지금이나 이미 몰락했고, 당했다는 걸 깨달아도 이휘철 회장이 버티고 있는 이상 보복할 엄두는 내지 못할 테니까. 다만……."

크리스는 잠시 생각하다가 말을 이었다.

"있어야 할 인명 사고가 없던 일이 되면서 생긴 나비효과는 생긴 모양이더군. 내 생각에…… 우리가 모르는 네 번째 전생자가 개입을 시작한 건 이쯤부터가 아닐까 싶다."

네 번째 전생자.

나와 크리스, 안형욱을 제외한 다른 누군가였다.

"무슨 의미냐?"

"일단 이것부터 말해 두지. 놈의 정체가 뭐건 너보다는 한 수 위일 거란 점."

"……."

"실제로 네가 여기저기 일을 터뜨리고 다닐 때, 상대는 네가 '바뀐 세계'를 눈치채지 못하게끔 쥐 죽은 듯이 지내 왔어. 아니, 암약 정도는 해 왔을까?"

그건…… 그럴지도 모르겠군.

'분하지만 인정해야겠어.'

크리스가 말을 이었다.

"아무튼 내 생각에도 네가 저질러 놓은 일의 여파가 걷잡을 길 없이 커지기 시작한 건 이때부터가 아닌가 싶더군."

크리스가 손가락 한 개를 펼쳤다.

"첫째, 일단 죽어야 할 사람이 무수히 살아남았다, 이건 그 자체로 세계에 어떤 변수를 줄 만한 요소야."

크리스가 두 개째 손가락을 펼쳤다.

"둘째, 그로 인해 책임을 지고 물러날 사람이 물러나지 않았다. 이후 대한민국 정치 판도가 이 시기 전생과 어떤 식으로 바뀌었다는 것쯤은 너도 눈치채고 있겠지?"

나는 V자를 그린 크리스의 손을 보며 고개를 끄덕였다.

"그랬지."

특히 정치인 박상대의 입장이 전생과 많이 달라졌다.

서울 시장은 교체되는 일 없이 임기를 마쳤고, 그로 인해 서울 시장의 비서이던 박상대는 전생보다 더 힘을 키웠다.

나는 미래를 위해, 또 미리 그를 견제하고자 의도적으로 움직였다.

크리스가 손가락을 세 개째 펼쳤다.

"셋째, 동시에 너는 이 시기 존재하지도 않았던, 또는 가능성이 뚜렷한 각종 사업에 손을 댔다. 그리고 그 성과가 가시적으로 나타나기 시작했으며, 심지어 모토로라보다 일찍 폴더블 폰을 만들기까지 했다……. 이거 참, 일일이 열거하기조차 힘들 지경이군."

크리스는 손을 완전히 펼친 채 손목을 흔들어 손사래를 치듯 휘휘 저었다.

"뭐, 이쯤하면 이제는 이미 네가 알고 있던 전생과 한참 멀어진 셈이지. 여기서부턴 무슨 일이 벌어져도 너는 그 변화가 너로 인한 것인지, 아니면 네 번째 전생자로 인한 것인지 모르게 돼. 반면에 네 번째 전생자는 이 모든 것이 '너' 때문인 걸 아는 상황이 된 거고."

당시만 하더라도, 아니 크리스를 만나기 전까지만 하더라도 나를 제외한 다른 전생자의 존재는 생각해 본 적도 없던 나는 아무런 반박도 하지 못했다.

"그리고 이제부터는 본격적으로 지금껏 없었거나 네가 인지하지 못했던, 네게 악의를 드러낼 '적'이 나타나는 시기이기도 하겠지."

적, 이라.

나는 그 말에 주먹을 꾹 쥐었다.

크리스는 힐끗 내 주먹 쥔 손을 쳐다보고 말을 이었다.

"전생자 A, 여기선 편의상 A라고 해 두지."

전생자 A.

나는 크리스가 명명한 그 가칭을 속으로 곱씹었다.

크리스는 그런 나를 보며 잠시 뜸을 들였다가 말을 이었다.

"물론 그 전생자 A가 지금 당장 너에게 해악을 끼치는 존재라고는 할 수 없을지도 몰라. 그도 그럴 것이 현재까지는 상황이 너에게 아주 유리하게 돌아가는 중이잖아?"

"그렇게 보여?"

"조광……. 최소한 조세화는 지금 네 편이니까."

"……."

크리스가 어깨를 으쓱였다.

"애당초 이것부터 짚고 넘어가야겠군. 조설훈은 왜 죽은 걸까?"

나는 순간적으로 '안기부가 한 일'이라는 걸 밝힐까 했지만, 다행인지 아닌지 크리스는 내게 질문을 던지고자 그런 말을 한 것이 아니었다.

"만일 조설훈의 죽음이 필연이라면, 우리는 역으로 조설훈이 살아 있었다면 무슨 일이 벌어졌을지를 생각해 봐야겠지. 너, 조설훈이 죽었던 그날 현장과 관련해 뭐 아는 건 없나?"

"……조설훈이 조지훈을 죽였다는 것."

"흠."

크리스가 턱을 긁적였다.

"왜지? 당시에도 조설훈은 어쨌건 조광의 지배 체계를 자신 아래 공고히 한 상황이었어. 그 과정과 이후에 이사진의 반발은 있었겠지만, 그게 정리되는 것도 시간문제였겠지. 즉, 조설훈이 조지훈을 죽여야 했다면 그럴 만한 이유가 있어서일 거란 점이다."

"전생에도 조지훈은 때 이른 죽음을 맞지 않았나?"

"그랬지."

크리스가 냉소적으로 웃었다.

"하지만 그게 이 시기는 아니었어. 더군다나 당시 조지훈이 죽음에 이른 과정은 공식적으로 '사고사'였지. 뭐, 이야기가 복잡해질 거 같으니 편의상 그때도 조설훈이 죽인 걸로 칠까."

내 기억에 의하면 전생에 조지훈이 사망한 당시, 그는 파벌 다툼에서 밀려나 이미 죽은 듯 사는 처지였다.

또, 소문으로는 그때 조지훈이 다른 주머니를 챙기기 시작했다는 이야기가 들려왔는데, 나도 그 진위 여부까지는 알지 못했다.

'당시엔 이미 조설훈의 지배 체제가 공고한 마당이어서 조지훈이 모반의 엄두도 못 냈을 건데…….'

생각해 보면 그 무렵 조설훈은 조세광을 후계자로 만들려는 작업이 한창이었으니, 그걸 가만히 두고 보지 못한 조지훈이 그때 조세화를 끌어들였을지도 모르겠다.

'조세화의 사생아 설이 퍼지기 시작한 것도 딱 그 무렵이었고.'

크리스가 말을 이었다.

"아무튼 조지훈이 이맘때 죽어서야 조설훈에게도 득 될 건 별로 없다는 게 중요하지. 아니 오히려 손해가 막심해. 이맘때 조설훈으로서는 어떻게든 조지훈을 구슬려 그 파벌의 힘까지 빌리는 편이 더 수월했을 테니까."

"……."

"그런데도 조설훈이 조지훈을 죽였다는 건, 조지훈은 어지간히도 조설훈의 심기에 거슬리는 짓을 했던 모양이지."

크리스가 어깨를 으쓱였다.

"여담이지만, 이맘때 두 형제 사이는 나쁘지 않았던 거 같거든. 나중에는 달라지지만, 전생의 흐름대로라면 그렇다는 거야."

"음, 내 눈에도 그렇게 보이더군."

크리스가 의아한 듯 나를 보았다.

"응? 조설훈은 그렇다 치고 너, 조지훈도 만나 본 거냐?"

"뭐…… 어쩌다 보니까."

"그러고 보니 네가 조세광이나 조세화랑 어떻게 만나게 되었는지도 듣지 못했군. 어떻게 된 거였냐?"

나는 크리스에게 이진영의 소개로 조세광 및 조세화와 골프장에서 만났다는 이야기를 했다.

"이진영?"

크리스는 그 대목에서 인상을 찌푸리더니 고개를 저었다.

"아니 계속해. 그래서 그게 언제쯤이었고, 어떤 계기였냐?"

"시기상으론 연초. 계기는…… 아, 그전에 너도 요한의 집에 대해서는 들어 봤지?"

"그래. 종종 이야기가 나오더군."

"우리 회사 직원 중에 그곳 출신이 있었거든."

크리스는 갑자기 웬 생뚱맞은 이야기를 하냐는 듯 나를 쳐다보았지만, 나는 그 시선을 무시한 채로 작년 연말, 방송국까지 끌어들여(정확히는 그들도 윤아름을 따라 온 거지만) 요한의 집에서 자선 행사 및 기부를 행한 걸 말했다.

"그런데 공교롭게도 거기가 '새마음아동복지재단'이 소유한 시설이었지. 그래서……."

"알 것 같군."

크리스가 미간을 찌푸렸다.

"그리고 네가 그렇게나 크게 일을 벌인 건 결코 우연이 아니었겠지. 너는 당시에도 그 재단을 통해 박상대에게 검은

돈이 흘러 들어가고 있다는 걸 눈치채고 있었다. 내 말이 틀렸냐?"

"……아니. 네 말대로야."

크리스가 고개를 까딱였다.

"이진영은 그런 조세광의 부탁을 받아 너를 소개해 준 걸 테고. 그렇게 해서 조세광이 너를 만나려 한 거였군. 조세광 그놈의 돈줄에 장난을 친 게 어떤 놈인지 확인할 겸……."

크리스는 그 재단을 관리하던 것이 조세광이었다는 것도 알고 있는 눈치였다.

'대체 어디까지 알고 있는 걸까.'

크리스가 말했다.

"그래, 놈이 어떻게 나오든?"

"처음엔 내게 회원권을 팔아 치우려 하더군."

"그래서, 샀냐?"

"아니. 다른 정보를 넘기는 걸로 대신했어. 때마침 골프장이었고 해서 당시 개발 중이던 스크린 골프장에 관한 정보를 슬쩍 흘렸지."

"흠, 스크린 골프라."

크리스가 히죽 웃었다.

"최소한 이 시기 조세광보단 네가 한 수 위군."

그녀는 내가 그게 지금 당장 돈이 될 사업이 아니라는 내용을 알고서 조세광에게 개발 비용 등을 떠넘긴 걸 단박에 눈치챘다.

“하지만 고작 그런 걸로 조지훈이나 조설훈의 흥미를 끌 수는 없었겠지. 그다음은 뭐냐?”

“음. 그 뒤로…….”

나는 어쩌다 보니 조세화와 친해져, 그녀를 따라 조성광 회장의 병문안을 가게 된 일을 크리스에게 전했다.

“조성광 회장의…….”

크리스가 중얼거렸다.

“그래, 그땐 아직 목숨이 간당간당하게나마 붙어 있었겠군. 거기서 만난 거냐?”

“그렇기도 하고 아니기도 해.”

크리스가 짜증을 냈다.

“너랑 선문답 따윌 할 생각은 없어.”

“마찬가지야. 그사이에 다른 과정이 있었으니까, 지금부터 그걸 말하지. 거기서 조성광 회장이 내게 병실에 설치된 도청기의 존재를 넌지시 알리더군.”

이 대목에서 크리스는 눈을 동그랗게 떴다.

“조성광 회장이?”

“뭐, 간신히 힘을 쥐어 짜내 알린 느낌이긴 했지만……. 아무튼 나는 거기서 도청기를 회수했지.”

크리스가 눈을 가늘게 떴다.

“그걸로 뭔가 했군?”

나는 고개를 끄덕였다.

"했지."

"그 전에, 무슨 내용이 담겨 있었냐?"

"꽤 중요한 내용이었어."

조성광이 생의 마지막 불꽃을 태워 가며 생면부지의 내게 처리를 맡길 만큼.

그건 조성광 인생 최후의 도박이었을 것이다.

"우선 이것부터 말해야겠군. 당시 조설훈이 박상대의 뒤를 봐주고 있었다는 건 알고 있지?"

"그래."

크리스가 심드렁하게 대답했다.

"정확히는 조성광 때부터 이미 박상대의 부친인 박영효의 뒤를 봐주고 있었지. 조설훈이 박상대의 뒤를 봐주고 있던 건 그 연장선의 일이었고…… 다 아는 이야기는 넘어가. 그래서 어쨌다는 거냐?"

정말 별걸 다 알고 있군.

"그 무렵 한강에서 토막 난 시체가 발견된 일은 알고 있냐?"

"토막 난 시체? 한강?"

"지금은 그 신원이 밝혀졌으니 말하겠는데, 박상대의 옛 연인이던 정순애였어."

"……아하. 박상대의 사생아, 박강선의 모친이기도 한 그

여자 말이군.”

정말로 별걸 다 알고 있네.

“그래. 어쨌건 당시엔 그게 누군지 신원조차 불분명해서 경찰이 수사에 애를 먹었지. 그리고 나중에 밝혀지기론 범인은 박상대였고, 조설훈은 그 뒤처리를 도왔다.”

“설마, 도청기에 들어 있던 내용이 그거였나?”

나는 고개를 끄덕였다.

“응, 조설훈도 꽤나 자세히 떠들어 대더군. 어디까지나 정황이긴 했지만, 사정을 아는 사람이 들으면 알 만한 내용이었지.”

“……그리고 너는 그걸?”

“일단 조세광에게 넘겼어. 아, 물론 나라고 괜한 불통이 튀는 건 사절이니 전달한 건 일부러 내용을 뭉갠 사본이었지만.”

“흠…….”

잠시 생각을 정리한 크리스가 고개를 들었다.

“그렇다는 건 내용보다 ‘누가’ 조성광의 병실에 도청기를 숨겼는지에 관한 것에 초점이 맞춰졌겠군. 그 범인은 조지훈이었고, 그래서 죽인 건가?”

“절반은 정답이야.”

“나머지 절반은?”

“일단 말하자면, 당시 그 일에 관해 둘은 화해를 했어. 나를 중재자로 두고 조지훈은 지금껏 도청한 내용물 일체를 파

기하기로 했지.”

크리스가 헛웃음을 터뜨렸다.

“하, 그거 참……. 조설훈도 내가 생각한 것 이상으로 참을성이 많았군.”

“그렇다고 하기보단…… 조세광이 사고를 쳤거든.”

“사고?”

“사람을 죽였어.”

잠시 생각하던 크리스가 고개를 끄덕였다.

“그게 그때였나 보군.”

“알고 있었나?”

“인터넷으로 찾아봤지. 조광에서 언론 통제를 했는지 그게 이번 일과 관련이 있었단 건 이제야 알았지만.”

크리스의 말마따나 조세광이 구속되었다는 것 자체는 보도가 되었지만, 조설훈이 힘을 쓴 덕에 구체적인 내용까지는 알려지지 않았다.

나는 고개를 끄덕인 뒤 다시 입을 뗐다.

“하지만 실제로 살인 자체는 의도치 않은 일이었던 거 같아. 조지훈의 부하였던 피해자 박길태는 조세광과 몸싸움을 하다가 총에 맞았다는 게 경찰의 공식 입장이니까. 실제로 조세광의 변호사도 그 부분을 노려서 ‘정당방위에 의한 우발적 살인’을 주장하는 중이고.”

“뭐, 조세광 그놈 성격이면 그냥 방아쇠를 당겼대도 이상

하지는 않지만, 이제 납득이 되는군."

"납득?"

"조세광이 빌어먹을 새끼긴 하지만 그런 일로 사람을 죽일 놈은 아니거든."

마치 조세광을 잘 알고 있다는 투였다.

"어쨌거나, 조설훈은 그 일을 덮어 두기로 하고 조지훈과 합의를 본 모양이군."

"그래. 결과적으로는 경찰이 유능한 바람에 조세광의 살인도 덜미를 잡히긴 했지만 말이야."

크리스가 턱을 긁적였다.

"그렇다고 하니 조세광한테는 안된 일이군. 하지만 조세광이 살인 혐의로 구속이 되었다 쳐도 그건 '불운한 일'이지, 조지훈과 화해 자체는 끝마친 거 아니었냐? 비 온 뒤에 땅이 굳는다고, 조설훈도 조지훈이랑은 앞으로 잘 지내 보려 했을 텐데."

"그랬지. 하지만 조지훈은 그 자리에 오면서도 조설훈을 끝까지 믿지 못했어."

"……음?"

나는 크리스를 보며 말했다.

"어느 날엔가 조세화가 나랑 골프를 칠 때 홀인원을 했지 뭐냐."

"그거 참 대단하군. ……그런데 갑자기 무슨 소리냐?"

"이번 일과 관련이 있으니까. 아무튼 조세화는 그 홀인원 트로피를 조성광의 병실에 가져다 놓았어. 황동으로 된 통짜 트로피였던 걸로 기억해."

"……흠."

크리스가 고개를 끄덕였다.

"악취미이긴 하지만 그쪽 골프장에서는 그런 걸 만들어 두긴 했지."

크리스는 전생에 조세광 소유의 그 골프장에도 가 본 모양이었지만, 나는 구태여 그걸 문제 삼지 않기로 했다.

어쨌거나 거기는 서울과 가깝단 이점 덕분에 항시 사람이 북적이던 곳이니까.

나는 재차 말을 이었다.

"그리고 조지훈은 중재 직전 미리 병실을 찾아 그 트로피를 회수, 속을 비워 도청기를 집어넣은 가짜로 바꿔치기를 해 놓은 거야."

"……."

"그러다가 조성광의 병세가 악화되어 개인실에서 중환자실로 옮겼고, 짐을 정리하던 조세화가 그걸 발견하고 말았지."

크리스는 그 대목에서 눈을 가늘게 떴다.

"조지훈 그 멧돼지가 할 법한 짓이긴 하군. 하지만 '협의'가 제대로 이루어졌다면 조지훈이 그걸 다시 되돌려 놓지 않을 리가 없을 텐데?"

"했어."

나는 일부러 담담히 대꾸했다.

"내가 그걸 다시 바꿔 놓았을 뿐이지."

"……하!"

내 말에 어처구니가 없었는지 크리스가 웃음을 터뜨렸다.

2장

"하하, 하하하, 하하하핫!"

한동안 웃음을 멈추지 않던 크리스가 큭큭, 웃음기를 머금은 채로 눈가를 훔쳤다.

"그랬군. 그런 거였어. 그리고 조세화는 그걸 조설훈에게 곧장 일러바친 거냐?"

"……뭐, 그전에 나한테 어쩌면 좋을지 상담을 하기는 했지만 결과적으로는 그렇게 됐지."

"후."

크리스가 자세를 고쳐 앉았다.

"조지훈이 죽은 건 그게 결정타였던 모양이군. 조설훈의 임계점은 그걸로 폭발해 버리고 말았을 거야."

"아마도."

나는 고개를 끄덕였다.

"마침 그 무렵 경찰 조사로 조세광의 살인이 들통난 것도 있었고, 외적으로는 조세광에게 살해당한…… 박길태가 따로 빼돌린 도청 사본이 경찰 손에 넘어가기도 했지. 그 외에는 조설훈이 어떻게든 입막음을 하려고 했던, 박길태가 사망할 당시 그 자리에 있던 조세광의 부하가 증인 자격으로 법정에 출두하기도 했거든."

이름이 뭐였더라, 아무튼 조설훈은 그 똘마니의 입막음을 해 보려 부단히도 애를 쓰면서 동시에 부하를 시켜 그 가족을 납치해 증언을 하지 못하게끔 협박하려 했다.

하지만 공교롭게도 그때 SBY가 개입하면서 일련의 납치 소동은 무산되었을 뿐만 아니라 대대적으로 언론을 타기까지.

조설훈은 말 그대로 자충수의 연속으로 궁지에 몰려 있었다.

"그런 상황이었다 보니 회사에서 조설훈의 입장도 난처해졌지. 조설훈으로서는 조지훈 파벌이 견제를 하고자 한다면 그 반역이 성공할 거라고 생각했던 모양이야."

"또, 네가 한 수작질로 그 의심은 어느 정도 확신으로 굳어졌다, 이 말이겠지."

"바로 그거야."

크리스는 그 대목에서 잠시 생각에 잠겼다가 고개를 들었다.

"혹시 말이다……."

크리스는 그녀답지 않게 조심스럽게 운을 떼더니 다시 입을 다물곤 고개를 저었다.

"아니 아무것도 아니야."

"뭔데?"

"음……."

한참을 고민하던 크리스는 결국 한숨을 내쉰 뒤 내게 물었다.

"조설훈의 죽음에 네가 개입하지 않은 건 확실하지?"

"……물론이야."

그럼에도 크리스는 어째 내 말을 믿지 않는 느낌이어서 나는 덧붙였다.

"까놓고 말하면 지금 내게 무슨 힘이 있어서 조설훈을 없앨 수 있겠어? 나한테는 그런 일을 해 줄 만한 사람도 없는걸."

"으음, 그것도 그런가."

크리스는 마지못해 납득한 눈치로 고개를 끄덕였다.

"그런데 그건 왜 물어? 관련해서는 저번에 이미 이야기하지 않았나?"

"그랬지. 하지만 말이야."

크리스가 나를 물끄러미 쳐다보며 말을 이었다.

"조설훈은 네 수작질을 눈치채지 못한 걸까?"

"……무슨 소리냐?"

"네 이야기를 듣고 보니 그렇더군. 조광 쪽 일을 놓고 보자면, 그 일의 시발점이자 단초를 제공한 건 너였어."

"……조성광에게서 도청기를 받은 건 내 본의가 아니었는데?"

크리스는 가만히 나를 보더니 픽 웃음을 터뜨리곤 주제를 바꿨다.

"가만 보면 애당초 정순애를 한국에 부른 것도 너였지?"

"왜 그렇게 생각했냐?"

"부정하지 않는군."

"……."

"간단한 이야기야. 원래라면 박상대는 최갑철이라는 정치 거물을 등에 업고서 그 사위로서 탄탄대로의 인생길을 걷지. 하지만 그런 그에게도 아킬레스건이 하나 있다."

박강선.

크리스가 말을 이었다.

"심지어 박상대는 아마 그 입막음 비용을 포함한 양육비를 조광에게 받아 왔을 테고. 그런 네가 아무리 인연이 있었다고는 하나 조광의 재단을 끼고 있는 요한의 집을 건드린 건 다분히 의도적이었어. 박상대의 스캔들을 터뜨리기 위한 독니로 말이야."

크리스가 어깨를 으쓱였다.

"그리고 이 시점에 그 사실을 알고 있는 건 조광의 핵심 관계자와 너 정도지. 아, 나랑 안형욱, 전생자 A도 그 목록에 포함할 수 있긴 하겠군."

크리스가 추궁을 이어 갔다.

"어쨌거나 너는 최선을 다해 박상대를 실각시켰다. 거기에 더해 조설훈과 조지훈 사이를 이간질시켰지. 그리고 뭐가 어떻게 된 건지는 모르나 그에 따른 이득을 챙길 만한 사람이 나타났다……. 아니 이미 생겼지."

크리스가 손가락을 들어 나를 가리켰다.

"아마 처음부터 이 일에 깊이 개입한 어떤 건방진 꼬맹이 말이야."

"……너는 그 시점에서 이미 조설훈이 나를 의심하고 있었다는 말을 하고 싶은 거냐?"

크리스가 고개를 끄덕였다.

"조설훈은 바보가 아니야. 조성광의 후광이 지나쳐 빛이 바라는 느낌이지만 그 역량을 무시하지는 못하지. 그는 누군가가 중간에서 자신을 좆되게 만들고 있다는 생각을 했을 거다. 내가 아는 조설훈이라면 네가 어떻게 꼬리를 잘라 왔건 그 흔적을 더듬어 정답에 이를 수 있는 인간이니까."

"……."

"그런 의미에서."

크리스가 손으로 무릎을 짚었다.

"어쩌면 넌 아직 이용 가치가 있었던 걸지도 모르겠군."

"무슨 소리냐?"

"조설훈을 죽인 범인, 혹은 그걸 사주한 놈. 그놈은 아직 네가 조설훈의 손에 죽어선 안 될 거라고 판단한 모양이란 의미다."

"그게 우리가 말한 전생자 A일 거란 거냐?"

크리스가 고개를 까딱였다.

"그럴지도 모르지."

"……."

"물론 그렇다고 해서 그가 네 아군일 거란 낙관적인 생각은 하지 않아. 어디까지나 '아직은' 네가 죽어선 안 될 거라고 생각했을 뿐일지 모르니까. 그 A가 누군지는 모르지만 황금알을 낳는 거위의 배를 가를 멍청이는 아닐 테지."

너랑은 다르게 말이야, 하고 크리스가 냉소적으로 덧붙였다.

"너는 어쨌건 장래 삼광그룹을 물려받을 차기 후계자야. 벌써부터 조설훈 같은 놈의 손에 죽었다간 그 자체로 이 세계에 큰 변수가 되겠지. 그들이 너에게 뭘 기대하는지는 모르지만 A의 입장에서는 이 세계에서 아직 할 일이 남아 있다는 의미가 아닐까?"

즉, 조설훈이 죽은 건 A가 조설훈으로부터 나를 지키기 위해서였다는 것이 이 자리에서 나온 크리스의 해석이었다.

무릎에 올라간 크리스의 손가락 끝이 자신의 무릎을 톡톡 건드렸다.

나는 크리스의 별 의미 없는 몸짓을 보면서, 나대로 조설훈을 죽였다고 말한 김철수의 말을 떠올리고 있었다.

'즉, 크리스의 말대로라면…… 안기부는 전생자 A와 관련이 있거나, 전생자 A가 안기부의 관계자란 의미인가?'

생각해 보면, 안기부는 내가 박상대를 칠 때 무렵부터 사건에 개입해 있었다.

'……정확히는 이진영이 내게 강이찬을 소개해 준 것부터가…….'

그렇다면 이진영은 어떻게 알고 강이찬을 내게 소개한 거였을까?

'그것도 차까지 선물해 주면서까지…….'

전생자 A는 혹시 이진영이었던 걸까?

생각에 잠겨 있는데, 크리스가 다시 입을 뗐다.

"뭐, 잘난 듯이 말하기는 했지만 어디까지나 가설에 불과해. 다만 그 정도로 조설훈의 죽음은 갑작스럽고 부자연스러웠다는 의미거든. 그리고 네가 하지 않은 거라면 다른 녀석이 했을 거란 의미이기도 하고."

"응? 아, 그래."

"그래서 조설훈을 누가 죽였는지는 너도 아직 모르는 거지?"

"……응."

나는 반사적으로 거짓말을 했다.

"이거 참."

크리스가 침대에 벌렁 드러누웠다.

"뭐, 됐어. 이제부터 차차 찾아가면 될 테니까."

그 상태로 크리스가 몸을 돌려 나를 보았다.

"그래, 조설훈이 죽고 난 뒤엔 어떻게 됐냐?"

"그다음은……."

"인터넷에 올라오지 않은 내용으로."

나는 고개를 끄덕였다.

"우선, 그 뒤 조성광도 사망했어. 유언장이 공개되고 조세화가 조성광의 유산을 모두 물려받았고, 광금후가 야심을 드러냈지."

"얼추 아는 내용이군. 그나저나 광금후? 광금후가 사장으로 있는 신진물산이 경찰의 압수수색을 받았다는 뉴스는 봤다만."

"조금 다른 이야기인데…… 광금후의 돈줄이 창원에 있는 마약 밀매 조직이었던 모양이더군."

"창원? 마약?"

"설마 너도 처음 듣는 이야기냐?"

크리스가 누운 채로 엉덩이를 벅벅 긁었다.

"나라고 모든 걸 아는 건 아니야. 더군다나 이 시기 지방에서 일어난 일은 더더욱……. 어쨌거나 그렇다는 건 너는 경찰을 끌어들여서 이 일을 해결한 거냐?"

"그렇기도 하고 아니기도 해. 그쪽은 나도 거의 손대지 않았거든."

"손대지 않았다?"

"그냥 일이 그렇게 흘러갔다는 느낌이야."

크리스는 흠, 하고 떨떠름해하는 얼굴로 나를 보았다.

"어쨌거나 '거의' 손대지 않았다는 건 일부 손댄 부분은 있었단 의미로 들리는군."

"맞아. 구봉팔이라고…… 내가 아는 조광 관계자가 자신의 사업장에서 습격을 받았거든. 구봉팔은 그게 광금후일거라고 생각했지."

크리스가 몸을 일으켜 침대에 책상다리를 하고 앉았다.

"그래서?"

"뭐…… 그래서 구봉팔은 거기 있던 부산 조폭들을 규합해 광남파를 공격했고, 결과적으로 자신의 밑천을 잃은 광금후는 그 시점에서 야심을 내려놓고 포기했어. 그 부분은 너도 알고 있지?"

"음…… 뭐, 어느 정도는. 마침 내가 한국에 와서 조세화를 봤던 그 이맘때겠군."

피차 꽤 담백하게 이야기를 주고받았지만, 구봉팔이 한 건 꽤나 대단한 일이었다.

'그러니 크리스 녀석도 흥미를 보이는 거겠지만.'

크리스가 말을 이었다.

"다만 거기서부터는 이미 흐름이 우리 손을 벗어났다고도 볼 수 있겠어. 너도 부산 조폭이 뭘 하거나 창원에서 마약 밀매 조직이 뭘 어땠다는 건 네가 상관 할 바 아니었을 거잖아?"

"조광을 집어 삼키려던 광금후 때문에라도 아주 없지는 않지."

"흥, 결과론이기는 하지만 설령 그런 일이 없었더라도 광금후가 조광을 먹는 일은 없었을걸?"

"무슨 소리냐?"

크리스가 심드렁하게 대꾸했다.

"이철희."

"……이철희라면 이번에 CEO로 취임한 그 사람?"

"그래. 설령 광금후가 조광을 장악하기 직전까지 갔다고 하더라도 결국엔 이철희에게 밀려났을 거야. 물론 나도 전생에는 듣도 보도 못한 인간이기는 하지만, 이철희가 누구를 등에 업고 있는가 하는 것쯤은 보이거든."

나는 눈을 가늘게 떴다.

"강미자 말이냐?"

"그래. 그러잖아도 네가 저번에 그런 '부탁'을 한 것도 있어서 생각을 좀 해 봤는데 말이야."

크리스는 잠시 생각한 뒤 말을 이었다.

"아무래도 이철희가 이번에 무대로 나설 수 있었던 건 조설훈의 부재가 원인이 아닌가 싶더군."

"……."

"아마 강미자의 친가는 호시탐탐 그 기회를 엿보고 있었겠지. 그러다가 지금은 조광을 꿀꺽해 버리기 좋은 때라고 보았을 테고. 더군다나 조세화의 생부는 조설훈이 아니더라도 그 생물학적 모친이 강미자인 건 분명하지?"

"그래."

"그러니 만에 하나 일이 틀어지더라도 그땐 조세화를 앞세우면 그뿐이야."

나는 그 말에 속내를 감춘 채로 물었다.

"그럼 너는 조설훈을 죽도록 만든 것이 강미자일지도 모른다고 생각하는 거냐?"

크리스는 턱을 긁적였다.

"그건 아닐걸."

"왜?"

"내가 알기로 강미자와 조설훈 사이는 나쁘지 않았어. 아, 물론 그게 꼭 남녀관계를 뜻하는 건 아니야. 전생에도 둘 사이에는 '공식적으로' 자식이 없기도 했거니와……. 조설훈은 그 성격에 조성광이 손을 댄 여자를 건들지도 않을 거거든."

윤리적으로도 좀 그렇고.

크리스가 말을 이었다.

"전생에도 강미자는 마음만 먹으면 친가를 끌어들여서 조광을 장악해 볼 시도도 해 봄 직했지만 강미자는 그러지 않았지. 아무리 못해도 조세화 몫으로 1/3 정도는 권리를 주장할 수 있었을 텐데도……."

실제로도 그랬고, 조성광 또한 그걸 염두에 두고서 작성한 유언장이었을 것이다.

"하지만 전생의 조세화는 그 몫을 받지 않았다. 물론 그땐 조세광이 건재한 것도 있었겠지만, 강미자도 그럴 생각을 하지 않았다는 것이 주된 이유였을 거야. 최소한, 강미자는 조설훈이 하고자 하는 일에 반대하지 않았다는 게 내 생각이야."

"……그러면 강미자가 이번 생에 이철희를 앞세워 움직인 까닭은?"

"글쎄다."

크리스는 잠시 생각하다가 자신의 추측을 내놓았다.

"……복수?"

"복수?"

"응, 복수."

크리스는 추측에 불과했던 자신의 말에 확신을 가진 얼굴로 말을 이었다.

"아까도 말했지만…… 전생에 조설훈과 강미자의 사이는 나쁘지 않았어. 이번 생도 그랬겠지. 우리는 모르는 둘만의

상열지사가 있었을지도 모르고, 최소한 우정 정도라도 있었을지 몰라. 그러니 강미자가 움직였다면 강미자대로 조설훈의 죽음, 그 진상을 밝히고자 움직인 게 아닐까 싶은데."

"……."

그렇다는 건 강미자의 행동은 전생자 A가 의도하지 않은, 그럼에도 전생자 A의 예상 범주 내의 일이었을까?

'잘…… 모르겠군.'

나는 언젠가 보았던 강미자의 모습을 떠올렸다.

저번에 조세화의 본가에서 만난 강미자는 뭐랄까, 여러 모로 비범한 사람이었다.

'속내를 아주 잘 감추는 사람이었지.'

그리고 강미자는 자신의 친가가 어디라는 걸, 내가 알고 있을 것이란 전제로 이야기를 풀어 갔다.

그것도 마치, 사전에 유상훈을 만나 그로 하여금 자신의 정보를 일부러 내준 느낌마저 들었다.

거기서 강미자는 나와 '조세화와 관련한 출생의 비밀을 함구하기로' 입을 맞췄다.

당시만 하더라도 나는 내 설득이 잘 먹혀들었다고 생각했지만, 어쩌면 강미자는 처음부터 그럴 생각이 없었던 걸지도 모르겠다.

'어쩌면 역으로 나를 떠본 걸지도 몰라.'

그리고 강미자는 '조설훈'이 어떻게 죽었는가를 내게 물었다.

당시 나는 진범이 누구라는 걸 알고 있으면서도 광금후—그때 강미자는 '광금후 따위가 그런 일을 할 수 있을 리 없다'는 식의 반응을 보였지만—와 그 배후의 마약 밀매 조직을 범인으로 몰았다.

이후 강미자가 어떻게 움직이기 시작했는가 하는 건, 조광의 인사 결과로 나타났다.

크리스는 내게 이번에 CEO로 취임한 이철희가 강미자 쪽 사람일 거란 말을 했다.

아마, 그 추측은 옳을 것이다.

그렇다면, 방금 크리스의 추측대로 강미자의 방향성이 조설훈에 대한 '복수'에 초점이 맞춰진 것이었다면…….

'그 적의는 어디로 향했을까.'

두말할 것도 없이 진범, 김철수가 있는 안기부다.

'그것도 배후에 안기부가 있었다는 걸 알고 있어야 한다는 전제가 있어야 하지만…… 그러면 강미자는 어떻게 움직였을까?'

우선은 정보 수집이다.

그녀는 이철희를 통해 조광 내부를 다지며 동시에 정보를 수집했으리라.

그리고 그녀가 내가 던진 단서에 의거, 그녀는 광금후와 그 주변부, 창원 마약 밀매 조직을 조사하는 것으로 방향을

정했다면?

'……부산에도 사람을 풀었겠지.'

강미자는 어쩌면 부산에서 벌어지고 있는 어떤 이변에 대해서도 이미 눈치챘을지 모른다.

'즉, 강미자는 벌써 움직임을 개시했을지도 모른다는 건가.'

골똘히 생각에 잠겨 있는 나를 지켜보는 게 지겨워졌는지, 크리스가 툭 말을 붙였다.

"무슨 생각해?"

"강미자."

나는 말을 이었다.

"강미자를 만났던 날을 생각하고 있었어."

"흠…… 그래? 그러고 보니 강미자랑 만나 본 적이 있댔지. 거기엔 무슨 이유로?"

나는 크리스에게 강미자를 만나게 된 경위를 설명했다.

그건 조세화가 집을 정리하던 도중 서고에서 발견한 사진 한 장이 계기였다.

"유상훈?"

"……알아?"

크리스가 고개를 끄덕였다.

"알지. ……이성진의 개인 변호사였잖아."

과거시제의 그 말 직후 크리스는 무표정한 얼굴로 나를 보았다.

"유상훈을 잘 이용하고 있군."

"뭐, 어떤 의미에서는 가장 믿을 수 있는 사람이니까."

그건 왠지 모르게 표정을 감추려 지은 표정 같다는 내 생각을 비집고 크리스의 말이 이어졌다.

"……그래서, 어떻게 된 거냐?"

나는 강미자가 유상훈을 통해 나를 자택, 식사 자리에 초대했다는 이야기를 전했다.

"그렇게 식사 대접을 받기는 했지만, 대단한 상차림은 아니었어."

"그래도 내용물에는 어떤 의도를 담고 있었겠지."

"맞아. 공교롭게도 사모가 하시는 〈종가 손맛〉의 반찬을 내놓았더군. 된장찌개는 손수 끓였지만."

"흠."

크리스가 고개를 끄덕였다.

"너를, 그리고 네 주변 환경을 예의 주시하고 있었다는 말이군."

크리스도 당시 내가 생각했던 것과 같은 결론에 도달했다.

"그랬겠지."

"그래, 아무튼 강미자랑은 무슨 이야기를 나눴냐?"

"우선…… 조세화의 출생에 대해서."

나는 크리스에게 내가 그녀와 조세화의 출생에 대해 함구하기로 한 것을 전했다.

"그게 전부?"

그것만 하더라도 중요한 내용인데, 크리스는 거기서 끝이 아닐 것임을 아는 듯 내게 물었다.

"전부는 아니야. 그다음…… 조설훈의 죽음에 관련해서 내가 아는 바에 대해 물었지."

"호오."

크리스는 그녀가 방금 말한 '복수'라는 강미자의 동기를 맞힌 것에 흥미가 동한 듯, 몸을 앞으로 기울였다.

"너는 뭐라고 대답했냐?"

"조세화에게 들은 내용을 전했을 뿐이야."

나는 내가 안기부와 밀약 중인 걸 알리지 않으려 애쓰며 객관적인 사실만을 전달하는 척을 했다.

"조세화는 내게 광금후가 그랬을 거라고 말했고, 나도 그렇게 말했지."

크리스가 눈을 가늘게 떴다.

"……설마 너도 광금후가 진범일 거라고 생각하는 거냐?"

"그렇지는 않아. 그래도 광금후 배후에 마약 밀매 조직이 돈줄 역할을 하고 있었다는 것 자체는 사실이니까."

크리스가 픽 냉소했다.

"뭐, 어쨌건 너는 그 상황에서 잇속만 챙기면 그뿐이다, 이거군."

"……."

"그러면 조세화는 왜 광금후가 그랬을 거라고 생각한 거지?"

나는 어깨를 으쓱여 거짓말을 했다.

"몰라. 조세화도 그 부분은 내게 말하지 않았어."

이 말만큼은 사실이다.

조세화도 내게 '안기부'가 그 말을 전했다는 건 말하지 않았으니까.

"음."

크리스는 턱을 괸 채로 곰곰이 생각에 잠겼다가 고개를 들었다.

"그렇다는 건 조세화에게 광금후가 진범일 거라고 일러 준 대상은 팥으로 메주를 쑨대도 믿을 만한 인간이었던 모양이군. 그게 그 인물의 사회적 지위 때문인지 아니면 조세화가 개인적으로 신뢰할 만한 인물이어서 그랬는지는 생각해 봄 직하지만."

"……."

"왜, 내 말이 틀렸냐?"

"……아니. 나도 그렇게 생각해."

크리스는 어렵지 않게 핵심에 도달했다.

크리스의 말마따나 '안기부'라는 조직의 위명은 그 조직의 특성 때문에라도 그 말을 믿게 만들 힘이 있었으니까.

"어쨌거나 정황 자체로도 조세화는 그 말을 믿을 수밖에 없었겠군. 구봉팔이란 사람이 습격을 당한 것도 사실이거니와……. 아, 조세화는 구봉팔이랑 아는 사이냐?"

"응. 뿐만 아니라 꽤 신뢰하는 사이지."

"그랬군. 흐으음……."

크리스가 고개를 갸웃했다.

"어라?"

"왜?"

"……너, 경찰이랑도 아는 사이지?"

"응."

"조세화도 네가 아는 경찰이랑 아는 사이냐?"

"……그래."

"혹시 경찰에게 들은 건가?"

나는 고개를 저었다.

"그건 몰라. 그런데 왜 그런 결론에 도달한 거냐?"

"그야……."

크리스가 손가락을 꼽으며 중얼거리듯 말했다.

"우선 그 출처가 국가 기관이라면 신뢰할 만하고, 살인범을 찾는다는 공통의 목표도 있지. 게다가……."

크리스가 나를 보았다.

"사건 현장에 경찰이 한 명 있었잖아?"

"……."

석동출이라는 형사 말인가.

"표정을 보아하니 너도 뭔가 생각난 게 있는 모양이군."

솔직히 말하면, 꽤 허를 찔렸다.

그 정체는 경찰이 아닌 안기부였지만, 크리스는 이 자리에서 얼추 그럴듯한 결론에 도달한 것이다.

"아는 경찰이냐?"

"……현장에 있었던 경찰을 묻는 거라면, 아니. 모르는 사람이야. 만나 본 적도 없고."

"흠."

"다만 조금 건너서 아는 사이이긴 해. 아는 경찰이 같은 조직에 있었거든."

"오호."

크리스가 씩 웃었다.

"혹시 그 경찰, 지금 어디서 뭘 하는 중이냐?"

"몰라."

"……모른다고?"

"어느 날엔가 사표를 내고 나갔다고 했거든."

크리스는 떨떠름해하는 얼굴로 나를 보더니 침대에 벌렁 드러누웠다.

"쳇, 뭔가 단서가 잡히나 했더니……."

"……."

마치 제 방인 양 편해 보이는군.

"아무튼."

크리스가 드러누워 천장을 보며 말했다.

"내가 이 정도로 알아냈다는 건, 강미자도 그럴 확률이 높아. 아마 강미자는 그날 너를 돌려보낸 뒤로 그 경찰의 행방을 찾고 있을 거 같군."

내 생각도 그랬다.

천장을 쳐다보던 크리스가 고개를 돌려 나를 보았다.

"그런데 그게 정확히 언제였지?"

"퇴사 날짜?"

"아니. 그건 중요하지 않아. 강미자를 만났던 날 말이야."

그날이라면…….

"공교롭게도 네가 우리 집에 왔던 날이야."

"아, 너를 처음 본 날 말이군."

나는 고개를 끄덕였다.

"그래, 네가 전생자라는 걸 내게 밝힌 날이기도 했지."

"흠."

크리스가 다시 몸을 일으켜 침대에 책상다리를 하고 앉았다.

"그렇다면 그게 변수는 아니었을지도 모르겠군."

"변수……."

즉, 크리스는 강미자가 나를 불러 식사에 초대한 것도 '예정된 일'이었을 거란 말이었다.

'그리고 조세화가 우연히 사진을 발견했던 것이나, 강미자를 만났을 때 내놓은 내 대답도…….'

무슨 행동을 하건 그게 그 자체로 '운명'에 불과하다는 걸 아는 건 꽤 복잡한 심경이었다.

크리스가 어깨를 으쓱였다.

"뭐, 또 모르지. 우리가 알지 못하는 부분에서 이미 뭔가가 바뀌는 중이었을지도 모르고……. 너도 그땐 내 존재를 알고 있었잖아?"

"그 사실이 당시 내게 어떤 심경의 변화를 초래하거나 했을 거란 생각은 들지 않는데."

"나도 그래. 그냥 해 본 말이다."

"……."

혹시 녀석 나름대로 나를 위로해 주려고 한 걸까? 아니겠지.

크리스가 말을 이었다.

"어쨌거나 그렇다는 건 그런 강미자의 행동거지 자체는 예정대로일지도 모르겠군."

"……강미자가 전생자 A일 가능성은?"

"그건 아니겠지."

크리스가 픽 웃었다.

"그런 거라면 너를 불러서 떠볼 필요도 없었을 거고, 심지어 조설훈의 죽음조차 막을 수 있었을 테니까. 어쩌면 우리

가 모르는 큰 그림을 그리고 있을지도 모르지만…….”

크리스가 고개를 홰홰 저었다.

“지금은 그렇게 생각하고 싶지 않군. 지금 내 생각에 이 일에서만큼은 강미자도 피해자일 거야.”

“나로서는 꽤 복잡한 심경이 드는 말인걸.”

“그렇겠지. 앞서 이야기한 전제가 사실이라면, 의도야 어떻건 간에 전생자 A는 너를 조설훈에게서 지켜준 셈이기도 할 테니까.”

“…….”

크리스가 말을 이었다.

“어쨌거나 성과가 없지는 않아. 강미자의 행동거지 자체는 예정대로일지 모르거든.”

“그렇다고 한다면, 전생의 강미자는 복수에 실패했겠군?”

“모르지.”

“……방금 전까지는 전생자 A가 조설훈 살해와 관련이 있다는 식으로 말하지 않았냐?”

“그랬지.”

“선문답할 생각이 없는 건 나도 마찬가지인데.”

크리스가 진지한 눈빛으로 고개를 끄덕였다.

“알아.”

“……대체 무슨 말을 하고 싶은 건데?”

“즉, 전생의 강미자는 복수에 성공했다고 생각했을지도 모른다는 점이야."

"성공했다고 생각했다니…… 아."

나는 고개를 끄덕였다.

"다른 누군가를 대신 앞세워서, 위장 전술을 펼쳤단 말이냐?"

"바로 그거지."

크리스가 손가락을 튀겼다.

"내가 유령 인간을 준비한 것도 그거랑 무관하지 않고 말이야."

"……."

하긴, 크리스가 유령인간 이야기를 꺼낸 것도 내 위장막을 만들기 위해서였다.

크리스가 기지개를 쭉 켰다.

"슬슬 일이 풀릴 조짐이 보이는군. 정리하자면 그날 네가 강미자를 만난 것까지는 예정대로였다……. 그리고 강미자가 그 형사의 행방을 찾는 것과 그 형사가 자취를 감춘 것도 예정대로야. 그렇다면 그 직후, 내가 나타나면서 생긴 일은 전생자 A에게 변수라는 말이지."

즉, 그건 '전생에는 없던' 크리스의 등장과 그녀가 내게 자신이 전생자임을 내게 밝힌 순간부터 변수가 생겼다는 의미였다.

"혹시 짐작 가는 사람은 있나?"

"일단…… 전생자 A 본인은 아닐지라도 그 협력자이거나 관계자 정도는?"

크리스가 씩 웃었다.

"우선 내가 생각한 건 최서연이야."

"그렇지."

나는 크리스의 말에 고개를 끄덕였다.

최서연이라고 하면 최갑철 의원의 딸이자 박상대의 약혼자였던 인물로, 최근에는 구봉팔이 운영하던 새마음아동복지재단을 온전히 인수하였다.

그것만 놓고 보아도 최서연은 이미 전생과 '다른' 움직임을 보인 인물이었던 데다가…….

'전생에 없던 장여옥의 방한을 주선한 장본인이기도 하지.'

그래서 나도 크리스의 이야기를 듣는 동안 내심 최서연이 이 일에 어떻게든 관련이 있지 않을까 생각하던 차였다.

'왠지 느낌상 크리스는 꽤 오래 전부터 전생자 A와 최서연의 관계를 의심한 거 같지만.'

그러잖아도 크리스는 예전부터 최서연을 경계하는 것이 좋다고 내게 일러둔 차였다.

다만 크리스가 오늘에야 비로소 그 이야기를 내게 꺼낸 건, 그녀 안에서 안형욱이라고 하는 존재로 자신의 가설 증명을 마쳤기 때문이리라.

다만.

"그렇다고 최서연이 우리 같은 전생자로는 보이질 않던데."

비록 그 행동거지가 어딘지 '미래'를 알고서 움직이는 듯한 느낌이 들기는 하였지만, 그렇다고 나나 크리스처럼—또는 오늘 본 안형욱처럼—위화감을 선사하지는 않았다.

"그럴 거야."

크리스가 내 말을 받았다.

"하지만 최서연이 전생자 A까지는 아닐지라도 최소한 그 협력자이거나 관계자일 거란 생각은 들더군."

"협력자라……."

크리스가 그렇게 생각한 건, 크리스가 이 세계에 와서 '변수'로서 직접적인 개입을 시작한 일과 무관하지 않을 것이다.

장여옥의 방한 때, 최서연은 예정에 없이 개입하여 메뉴 선정에 관여하였다.

그러던 것이 우연히 우리와 함께 신화호텔에 동석한 크리스로 인하여 오성환이 야심차게 준비한 메뉴는 없던 것이 되었고, 오성환은 창의력을 쥐어 짜내 당초 제약대로 '일체의 육류가 포함되지 않은' 비건 요리를 내놓았다.

하지만 만일 최서연의 의도대로 메뉴가 선정되었다면, 장여옥은 어떤 반응을 보였을까.

장여옥도 프로이니 대놓고 식사를 거부하지는 않았겠지만, 그래도 그것이 장여옥의 심경에 어떤 영향을 끼치지는 않았을까.

'또, 애당초 장여옥을 한국에 초빙한 것이 최서연이었으니.'

그래도 내 안에서는 최서연이 '왜' 그랬는가, 그리고 최서연이 바란 그 결과란 무엇이었는가에 대한 의문이 가시질 않았다.

"그러면 거기에 무슨, 어떤 중요한 의미가 있었을까?"

내 물음에 크리스는 잠시 생각하다가 대답했다.

"가설이기는 하다만 당시 나는 최서연이 장여옥으로 하여금 박강선을 입양하도록 한 건 아닐까 싶더군."

"……박강선을?"

"그래. 당시에는 내 안에서도 '환생을 거듭한 전생자'라는 개념이 자리 잡질 않아서 억측에 가까운 생각이었지만……."

크리스가 고개를 저었다.

"지금 와서는 그럴 '가능성'이 꽤 높은 거 같군."

"……."

"게다가 장여옥의 '비공식 일정'에는 요한의 집을 방문하는 것도 있었잖아? 원래라면 거기서 박강선의 입양 이야기가 흘러나왔겠지. 박강선도 영어가 가능하니 장여옥과 어느 정도 의사소통이 가능했을 테고."

그런…… 거려나?

"그게 가능할까?"

"안 될 건 없다고 보는데. 아마 그런 미래도 있었을지 몰라. 어쨌거나 우리는 '전생'에 세계가 어떻게 흘러갔는지를 모르니까."

크리스가 픽 웃었다.

"더군다나 장여옥은 그때 진지하게 나를 입양, 또는 그 비슷한 걸 시도하려 했으니, 그 마음이 내가 아닌 박강선을 향할 가능성 정도는 고려해 볼 직하다고 본다만."

"……."

"어쨌건."

크리스가 어조를 고쳐 말을 이었다.

"이 시점에 이르러선 그 계획은 결과적으로 무산된 모양이군. 안형욱이 이번 영화 제작에 흥미를 보인 것도, 그로 인한 일련의 변수……와 더불어 나라는 변수가 그가 경험해 본 적 없는 세계가 시작되었단 것에 있을 테니까. 장여옥이 나를 만나지 않았다면, 아니 내가 그 촬영장에 나타나지 않았다면 이번 영화 제작 이야기도 없던 일이 되지 않았겠어?"

"흠."

나는 잠시 생각하다가 크리스를 보았다.

"그러면 최서연이 요한의 집, 나아가 재단을 인수한 것도 전부 그걸 안배하고서 한 일이란 건가?"

크리스가 어깨를 으쓱였다.

"그럴 수도 있고, 아닐 수도 있고."

"……."

"어쨌거나 그 재단이 박상대의 돈줄이었다는 건 분명하니, 전생자랑 무관하게 최서연 입장엔 장래에 괜한 똥물이 튀는 걸 막으려면 재단을 인수하기는 해야 했을 거야."

크리스는 턱을 긁적이곤 말을 이었다.

"그럼에도 내가 최서연을 전생자로 보지 않은 건, 돌발 상황에 대처하지 못한 그 방식 때문이었지. 내 생각에는 너희가 요한의 집에 갔을 당시엔 최서연도 식사 메뉴가 바뀐 걸 몰랐을 거 같은데, 아니냐?"

"……내가 알기로는 그랬어. 그런 이야기는 나온 적 없으니까."

"그렇다면 최서연도 방송이 나간 후에야 이변을 알아차렸을 거란 의미군. 아무튼 그래서 최서연은 '지시대로' 일을 처리했지만 잘되지 않았다는 게 되겠지."

만약 '계획대로' 박강선이 장여옥에게 입양이 되거나 했다면, 최서연은 그 요소를 잘 활용했을 것이다.

엄밀히 말해 박강선은 최서연과 남이기도 하면서 남이 아니기도 했다.

그도 그럴 것이 박강선은 박상대의 사생아이고, 박상대는 최서연의 전 약혼자였으니까.

'즉, 최서연 본인이 직접 정계에 진출할 생각이 없다고 하

더라도 대신 박강선을 앞세워 뭔가를 할 수는 있을 테니까.'

정치인 입장에 박강선은 꽤나 매력적인 장기짝이었다.

박강선 자신이 '불행한 사고로 목숨을 잃은' 정치 유망주 박상대의 숨겨 둔 자식이기도 하거니와, 장여옥의 입양이 성사되었다면 엘리트 교육을 수료한 인재가 되었을 것이다.

'또…… 만에 하나지만, 최서연은 장래 박상대의 죽음에 얽힌 비화에 조미료를 가미해서 그를 가스라이팅할 수도 있겠지.'

그럴 경우, 장성한 박강선이 상정할 '적'에는 미래의 나도 포함될 것이다.

전생자 A가 노린 건 그런 요소일까.

크리스가 문득 입을 뗐다.

"아, 그래. 문득 생각난 거지만 혹시 박강선이 전생자 A일 가능성은 없냐?"

그 말에 나는 픽 웃었다.

"……그건 아니야. 나도 몇 번 만나 보긴 했는데…… 박강선은 또래에 비해 똘똘하긴 해도 딱 그 나이에 맞는 행동거지와 사고를 하고 있었거든."

"흠."

"만나 보면 알 거야. 뭐, 네가 거기 갈 일은 아마도……. 아, 연말에 너도 올 테냐?"

"가야지."

내뺄 줄 알았더니 크리스는 의외로 흔쾌히 대답했다.

"나도 가서 따로 확인해 볼 것도 있고, 애당초 장여옥이 거기 오는 건 나를 보러 오는 거나 다름없으니까."

크리스는 '지금 그게 중요한 건 아니고' 하며 운을 뗀 뒤 말을 이었다.

"어쨌거나 네 말은 박강선이 A는 아닐 거란 거지?"

"내가 보기로는 그랬어."

크리스는 잠시 생각하다가 툭 입을 뗐다.

"그러면 장래에 박강선이 A의 조력자로 거듭날 가능성은?"

"……갑자기 무슨 소리냐?"

"즉, 지금은 박강선도 아직 애라는 거지."

……지금은?

크리스가 나를 물끄러미 쳐다보았다.

"너, 네가 눈 뜬 건 언제였냐?"

"응?"

"그러니까 네가 이성진이 아니라 전생의 기억을 갖고 있는 한성진인 걸 자각한 게 언제냐고."

"아……."

나는 반사적으로 이마 위의 흉터를 매만졌다.

"1994년 4월 5일."

"꽤 정확하군."

"전생의 내가 이 집에 온 날이었으니까."

말한 직후, 나는 크리스가 뭘 말하려고 그 말을 꺼냈는지 깨달았다.

"혹시, 박강선도 언젠가는 '전생자'로 각성할지 모른다는 거냐?"

지금은 '애'일지도 모르지만, 이후 전생을 기억하는 박강선 혹은 나처럼 다른 누군가로 환생을 한다면…….

"추측이야."

크리스가 어깨를 으쓱였다.

"너도 그렇지만, 태어날 때부터 전생을 기억한 건 아니었잖아? 어느 날 그렇게 된 거지. 그러니까 박강선도 그럴지 모른다고 생각했어."

"……일단 박강선을 예의주시하고 있으란 말이냐?"

"뭐…… 글쎄다."

크리스는 머리를 벅벅 긁었다.

"왠지 모르게 전생자 A가 '다 차려 둔 밥상'을 준비하는 건 아닐까 해서."

"……."

"문득 떠올린 생각일 뿐이야. 잊기 전에 말한 것뿐이니까 넘어가. 뭐, 아예 눈을 떼고 있는 것보단 낫단 의미니까."

크리스가 '어쨌거나' 하고 다시 말을 이었다.

"다시 최서연 이야기로 돌아오자면, 지금쯤 계획이 어그러졌다는 걸 이미 깨닫고 있겠지. 이제부터 관건은 그 변수가 어디서 기인했는지 A나 최서연이 눈치채지 않도록 하는 거야."

크리스는 진지한 얼굴을 했다.

"그러면 어디서부터 어디까지가 변수이고 예정일까. 내 생각에, 아무리 전생을 기억하고 있다 하더라도 전생과 '똑같은' 행동을 할 수는 없다고 봐. 그러니 A는 이번 변수가 어떤 나비효과에 의한 것인지, 아니면 나처럼 존재 자체로 어떤 변수가 되는 계산 밖의 인물이 나타난 건지를 생각하고 있겠지."

"음."

나는 고개를 끄덕였다.

"즉, A는 스스로 '내가 뭔가를 해서 사소한 틀어짐이 생겼다'고 생각할 거란 점이냐?"

"그래, 노릴 점은 그 부분이야. 그러려면 A가 누군지 아는 것이 가장 중요하겠지만…… 조금 요원해 보이는군. 놈은 너랑 다르게 다른 전생자의 눈에 띄는 행동은 하지 않은 것 같거든."

"……."

"그리고 A가 안형욱이 전생한 사실을 알고 있는지, 아니면 한 패거리일지, 혹은 적대 관계인지, 그런 것도 아니면 서로가 자신이 하는 일에 간섭하지 않게끔 암묵적인 협약을 마친 사이일지를 알아내는 것이 당장 우리가 A의 눈을 피해서 할 수 있는 일이라고 본다."

크리스가 말을 이었다.

"그걸 모르고선 내가 안형욱과 만날 일은 없을 거야. 만에 하나는…… 극단적인 수단을 취하는 것도 고려해 볼 법하고."

"……."

크리스가 안형욱에게 변수라면, 안형욱을 죽이는 것도 '변수'로서 성립할지 모른다.

"하지만 그랬다간 또 다른 전생자에게 이 커다란 변수를 들키게 되려나."

'어디까지나 극단적인 경우에만' 하고 말한 크리스가 고개를 저었다.

"또, 아까 말했듯이 안형욱은 무해한 인간이야. 솔직히 말하면 설령 그를 한편으로 끌어들이는 데 성공한다손 치더라도 방관자로 남을걸? 그 사람한테는 이제 자기 자신밖에 중요한 게 남지 않았을 테니까."

억측이기는 하나, 확신에 가까운 억측이었다.

내가 물었다.

"그렇게 생각하면 안형욱은 전생자 A에 대해서도 방관자로 남지 않았을까?"

"아니, 역으로 이렇게도 생각해 볼 수 있겠지."

크리스가 심드렁해하는 얼굴로 말했다.

"안형욱의 생각에 전생자 A가 바꾼 세계가 너랑 내가 바꿀 세계보다 더 살 만했다고 판단했을 경우라면, 우리에겐 적으로 돌아설 가능성도 있어."

"……."

"그도 그럴 게 너랑 나는 이번 세계, 그러니까 네가 전생자가 된 세계의 결말을 모르지. 어쩌면 A는 전생에 이미 네가…… 그러니까 이성진이 죽지 않는 세계를 완성했을지도 몰라. ……방향이 잡히지 않은 일에 가설을 세우기 시작하면 끝도 없지. 그러니 우선은 안형욱을 떠보는 것부터 시작하자."

"내가?"

"그래. 말했잖아? 나라는 결정적인 변수를 들키면 안 된다고."

크리스가 씩 웃었다.

"뭐, 그런 의미에서 내 안전도 어느 정도는 보장된 셈이군. 내가 A의 카운터라는 걸 알게 된 이상, 너도 섣불리 나를 죽이진 못할 거 아니냐?"

농담이겠지만, 마냥 농담처럼 들리지만은 않는 그 말에 나는 웃을 수 없었다.

"그나저나……."

크리스가 넌지시 운을 뗐다.

"우선은 이 정도인데, 뭔가 할 말이라도 있냐?"

나는 왠지, 내가 말하지 않은 게 있는 걸 알고서 떠보는 듯

한 느낌을 받았다.

'그야…… 물론 있지.'

크리스는 전생자 A의 관계자로 최서연을 언급했지만, 나는 머릿속으로 그 외의 후보를 여럿 떠올리고 있었다.

'우선, 안기부 측 인간을 예로 들 수 있겠지.'

내가 아는 안기부의 가장 높은 인물인 곽철용, 그리고 그 직속 수하로 보이는 김철수를 빼놓을 수는 없을 것이다.

'곽철용이 어디까지 아는지, 또 어느 선까지 A에게 협력하고 있는지는 모르나 일련의 사건 흐름을 보면 그도 무관계하지는 않아 보여.'

그렇게 연역해 보면 내게 강이찬을 소개한 이진영도 고려 대상이었다.

이진영이 차를 선물하며 운전기사로 내게 '안기부 요원'인 강이찬을 알선해 준 건 우연이 아닐 터.

따지고 보면 조세광 남매를 내게 소개해 준 것도 이진영이었고, 그에 앞서 제니퍼를 소개한 것도 이진영이었다.

'지금은 허상윤과 시저스 2호점의 공동 사장으로 얌전히 지내고 있지만……. 어떤 의미로 그건 내 주변을 벗어나지 않고 있다는 말도 되지.'

하지만 '안기부'라는 조직이 이번 일에 개입해 있다는 걸 함구하기로 한 이상 이를 크리스와 상담할 수는 없을 것이다.

그건 내가 아직 크리스를 믿지 못하기 때문이었다.

크리스가 전생에 뭘 하던 사람인지는 모르나, 그녀가 '고급 정보'와 수단을 여럿 가지고 있다는 점을 감안하면 분명 평범한 인간은 아니었을 것은 분명했다.

지금이야 형편상 내 편을 들어주고 있으나, 이는 어디까지나 임시 동맹에 불과했다.

바꿔 말하면 크리스가 적으로 돌아서는 가능성도 고려하지 않을 수 없다.

'방금 농담이 단순한 농담이 아니었던 이유는 거기에 있지.'

크리스 또한 내가 그래야 한다고 생각하면 내가 그녀 자신을 해칠 것이라는 것을 알고 있었다.

'심지어…… 전생에 살인을 했을지도 모를 인간이니까.'

나는 전예은이 크리스를 '읽어 내지 못한'다는 걸 알고 있었다.

그리고 강이찬의 경우로, 전예은이 읽어 내지 못하는 조건은 아마 '살인'의 유무일 거라는 가설을 세워 둔 상태이기도 했다.

전예은이 나를 읽어 내지 못하는 것도, 따지고 보면 전생의 내가 이성진을 총으로 쏘아 죽였기 때문이리라.

그렇게 생각하면 전예은은—그녀가 감당할 수 없는 느낌을 받기는 했으나—현 시점에서 나나 크리스를 제외한 전생자임이 거의 확실한 안형욱으로부터 무언가를 읽어 내기는 했으니…….

'전생자일 것이 조건은 아니야. 아니 잠깐, 가만 보자…….'

나는 멈칫했다.

나는 전예은이 '읽어 내지 못한' 사람을 네 명 알고 있다.

하나는 나.

두 번째로는 크리스.

세 번째가 강이찬.

네 번째는…….

"뭔데?"

크리스가 툭 던진 말에 나는 그녀를 보았다.

"응?"

"뭔가 생각난 게 있지?"

"아……. 그래. 억측일 수도 있지만."

나는 내가 방금 떠올린 이름을 입에 담았다.

"곽성훈은 어떻게 생각해?"

"……곽성훈?"

크리스가 고개를 갸웃했다.

"전생에 금일 그룹 사장이었던 그 곽설훈 말이냐?"

"그래. 지금은 우리 회사에서 CHO를 역임 중인 그 곽성훈 말이야."

"그래, 나도 회사에서 만나 봤어."

크리스는 내 말에 자못 흥미가 동했는지 슬며시 몸을 앞으로 기울였다.

“그런데 왜 그렇게 생각했냐?”

“우선…….”

나는 머릿속으로 내가 생각한 ‘조건’을 크리스에게 언급하지 않고서 전달할 방법을 찾으며 말을 이었다.

“가만 보면 곽성훈의 인생 자체가 이미 파란만장하지 않냐?”

“……그렇기는 하지.”

하지만 내 말을 받은 크리스는 파란만장한 인생을 살았다는 정도로는 그녀가 생각한 ‘전생자’의 조건에 부합하지 않는다는 것처럼. 흥미가 팍 식어 버린 표정이었다.

“너는 아마 곽성훈은 우리의 전생, 그러니까 우리가 기억하는 전생에 이미 전생자였다는 말을 하고 싶은 모양인데, 그렇게 생각하면 안형욱에 대해 설명이 되질 않아.”

“그건…….”

“아, 물론 안형욱과 ‘전생자 A’ 곽성훈이 서로를 인지하고 있다는 전제하의 이야기라면 또 모르겠지만.”

“내 말이 그거야. 하지만 협력자가 아닌 다른 의미에서 그럴 수도 있지.”

“뭔데?”

“〈헝그리 복서〉가 나온 시기를 생각하면, 안형욱이 영화 무렵 눈을 떴다고 해도 그 환생은 곽성훈이 태어난 날보다 그 시기가 빨라."

"음."

"그러니 곽성훈 입장에서는 괜히 적을 만들 필요가 없겠지. 만약 곽성훈이 안형욱을 공격하기라도 했다면 내세…… 그러니까 다음 환생 때 이미 전생을 기억하고 있는 안형욱이라는 적을 만드는 일이 될 테니까."

크리스는 잠시 생각하다가 고개를 끄덕였다.

"각자의 영역을 침범하지 않는 선에서 그러기로 협의를 했다면 그럴 수도 있겠군."

"그래. 어쩌면 안형욱도 곽성훈이 '원래 그런 사람'이라는 걸 알고 있으니, 세계의 변화가 자신이 초래한 사소한 나비효과의 결과라는 생각에 그칠지도 모르고."

"흠……. 아무튼 네 생각은 알겠어. 하지만 '고작' 그런 걸로 곽성훈을 의심하기에는 단서가 부족해."

크리스의 지적대로, 지금껏 나 역시 곽성훈을 전생자로 보지 않고 그 출중한 능력만을 우선시했다.

어쩌면 곽성훈은 그냥 단순히, 정말로 '타고난 천재'일지도 모른다.

하지만…….

"내가 곽성훈을 어떻게 고용하게 되었는지 너한테 말해 줬던가?"

"못 들어 본 거 같군. 네가 먼저 접근한 거 아니었나? 너라면 곽성훈의 능력이 탐나서라도 그랬을 거 같은데.”

“반은 맞고 반은 틀려. 사실 곽성훈은 김민혁의 소개로 알게 되었거든.”

크리스가 눈썹을 씰룩였다.

“김민혁? 설마 김민혁도 너희 회사에 있었냐?”

“응. 뭐, 심지어 거의 창립 멤버야. 지금은 군복무 문제로 금일 쪽에서 방위산업 일을 하느라 빠졌지만, 아무튼 당시 김민혁이 자신의 대타로 곽성훈을 먼저 언급했지.”

크리스가 고개를 끄덕였다.

“하긴, 김민혁이랑 곽성훈은 먼 친척이니까 말이야. 또, 김민혁이 보기에도 곽성훈은 탐이 나는 인재였겠지.”

더군다나 당시 곽성훈은 조부가 한 일의 연좌제로 곽한섭에게 미운털이 박혀서, 가진 바 재능을 쓰지 못한 채 가문의 천덕꾸러기로 남아 있었으니까.

“그래서?”

크리스의 재촉에 나는 대답을 이어 갔다.

“뭐, 어쨌거나 그 일이랑 별개로 금일 그룹 행사장에 갔다가 이번 생 들어서 처음으로 곽성훈을 만났지. 김민혁의 중개도 있고 해서, 나는 곽성훈을 스카우트하려고 했어.”

“했다, 는 말은 곽성훈이 그 제의를 거절했다는 말이군. 하지만 곽성훈은 지금 네 회사에서 일하고 있는걸?”

“그래. 처음 한 번은 거절했어. 그러다가…….”

나는 잠시 그날 일을 머릿속에 떠올린 뒤 말을 이었다.

"……내 바이올린 실력을 보고 난 뒤, 내 제안에 응했어."

"바이올린이라……."

"상황 자체는 예상치 못한 해프닝이었지만, 지금은 문득 이런 생각이 들더군."

"무슨 생각?"

"곽성훈이 기억하는 이성진은 지금 나와 바이올린 솜씨가 다르지 않았을까, 하고. 그래서 곽성훈이 거기에서 '변수'를 눈치채고 내 곁에서 감시를 시작한 거라면?"

"……."

크리스가 눈을 가늘게 떴다.

"그러고 보니 백하윤 선생도 네 바이올린에 대해 칭찬을 늘어놓았지. 구체적으로는 어느 정도인 거냐?"

"구체적으로는 나도 몰라. 전생의 나는 클래식에 문외한이었으니까……. 다만 백하윤 선생님이 내 재능을 무척 탐냈다는 거랑, 금일 행사장에서 바이올린 연주를 한 것도 저번 콩쿠르 때 대상을 탄 녀석이 거기서 솜씨를 뽐내고 난 다음 나를 지목해서였거든. 이름이 뭐더라……."

나는 잠시 생각하다가 그 이름을 떠올렸다.

"아, 그래 강찬환이라는 애였지."

별로 중요한 이야기가 아니라고 생각했는데, 크리스는 내 말에 뜨악한 표정을 지었다.

"강찬환?"

"……아냐?"

"그래. 전생에 유명했던 바이올리니스트야. 국내 활동은 거의 안 했지만……. 뭐, 어쨌건 클래식에 문외한인 네가 알 턱은 없었겠군."

크리스는 어처구니가 없다는 듯 피식피식 웃었지만, 나는 별 감흥을 느끼지 못했다.

"물론 지금 이맘때 기준이기는 하지만 아무튼 당시에도 해외 유수의 콩쿠르를 석권한 강찬환이 라이벌 의식을 느낄 정도의 실력이란 말이지?"

"그런가?"

"……아니, 길게 말할 것도 없어."

크리스가 몸을 일으켰다.

"가자."

"어딜?"

"이 상황에 어디라고 생각하냐? 당연히 연습실이지."

하긴, 그러고 보니 나도 아직 이 녀석의 연주를 들어 본 적이 없었다.

"좋아, 그러면……."

똑똑.

나는 노크 소리에 하려던 말을 멈췄다.

"있어?"

한성진이었다.

힐끗 손목시계를 들여다보니 이제 막 가족끼리 외식을 마치고 돌아온 모양이었다.

"아, 들어와."

이제 곧 나갈 참이긴 했지만.

참고로 크리스는 방해를 받았단 생각 때문인지 인상을 찌푸렸다.

달칵, 문이 열리며 한성진 남매가 방문을 열었다.

"어라, 크리스!"

크리스를 발견한 한성아가 눈을 동그랗게 뜨더니 방방 뛰며 달려와 크리스를 꼭 끌어안았다.

"언제 온 거야?"

크리스는 한성아의 품에 안긴 채 떨떠름한 얼굴로 대답했다.

"……오늘."

그야, 오늘이겠지.

하지만 한성아는 그 퉁명스러운 대답에도 아랑곳하지 않고 물었다.

"그러면 오늘부터 이사 온 거니?"

"그렇게 됐어."

"와! 그럼 오늘 언니랑 같이 잘래?"

"……싫어."

벌써 언니 행세를 하네.

한성아는 '외모만큼은' 인형 같은 크리스가 어지간히도 마음에 든 모양이었다.

'이하진도 요새는 꽤 되바라져서 저런 애정 공세를 피해 다니기 시작했으니까.'

그나저나.

'저 녀석이 아줌마인지 아저씨인지도 모르는데, (전생의)오빠로서 저런 녀석을 함부로 끌어안아 대는 건 좀…….'

마침 크리스는 한성아의 포옹을 벗어나려다가 포기하며 도와달라는 듯 나를 보았기에 나는 한성아에게 한마디를 했다.

"싫어하잖아. 그쯤 해 둬."

"응? 아니야, 미국에서는 이렇게 인사한댔어."

"……정작 그 미국인의 생각은 다른 거 같은데?"

그제야 크리스의 표정을 확인한 한성아는 체, 하고 마지못해 포옹을 풀었다.

가만히 그 모습을 지켜보던 한성진이 쓴웃음을 지으며 나를 보았다.

"크리스랑 같이 있었어?"

"그래. 집 안내도 할 겸……. 책도 빌리고 싶대서."

"흠, 벌써 친해진 모양인데?"

나는 대답 대신 어깨를 으쓱였다.

사실 친한 것과는 거리가 멀지만, 그렇게 보인다면 그건 그것대로 나쁘지 않으니까.

"외식은 어땠어?"

한성진에게 물었는데 한성아가 대신 답했다.

"맛있었어! 시저스 2호점에 갔거든. 상윤이 오빠랑 진영이 오빠가 서비스를 많이 줬어."

"그랬니?"

"응, 그리고 오빠한테 안부 전해 달라고 그러던걸."

어제라면 모를까, 오늘부터는 그 말도 왠지 좀 다르게 들렸다.

그런 평범한 대화에는 관심이 없다는 듯 크리스가 한숨을 내쉬며 방을 나섰다.

"먼저 갈게."

"아, 응."

한성진이 내게 물었다.

"어디 가?"

"아, 잠깐 연습실. 아직 크리스 연주를 못 들어 본 게 문득 생각나서, 이야기가 나온 김에 가 보려고."

그 말에 한성아가 손을 번쩍 치켜들고 눈을 반짝였다.

"아, 나도 갈래!"

"응? 아니, 그냥 간단한……."

"이성진 오빠도 바이올린 할 거잖아?"

한성아가 어디 TV에서 보기라도 한 양 흠, 하고 고개를 주억거렸다.

“안 그래도 크리스랑 이성진 오빠의 바이올린 실력이 막상막하라고 생각했거든. 오늘 비교해 보면 좋겠네, 생각해서.”

“…….”

나랑 막상막하?

초보이기는 해도 바이올린에 영 문외한은 아닌, 아니 오히려 초보이기에 선입견이 없을 한성아의 말을 나는 마냥 흘려듣기 힘들었다.

‘그건…… 다시 말하면 비슷하단 말일까?’

나는 그렇게 생각하며 한성진 남매를 대동하고 연습실로 향했다.

석동출도 양필두 측 사람들을 따라 어디론가 떠나고 만 마당에 더는 공터에 남아 있을 이유가 없어진 정진건이 김강철에게 말했다.

“김 형사, 일단 박 형사와 합류하도록 하지.”

“……아, 예.”

멀어서 듣지 못했지만, 정진건은 석동출과 둘이서 무슨 대화를 나눴을까.

‘그렇게 친해 보이지는 않았는데.’

김강철은 속으로 생각하며 정진건을 따라 차에 올라탔다.

운전석에 앉아 안전벨트를 맨 정진건은 시동을 걸지도 않은 채 한동안 가만히 앉아만 있었다.

"김 형사."

"예."

"이제는 나도 잘 모르겠군."

"……예?"

"아닐세."

정진건이 시동을 걸었다.

"아무것도 아니야."

"……."

정진건은 한동안 호텔을 향해 아무런 말 없이 차를 몰았다.

"석동출 형사는 여기서 어떻게, 잘 지냈나?"

"아……. 예, 뭐."

김강철이 뒤늦게 그 말을 받았다.

"그런 거 같았습니더."

"그렇다면야."

"뭐, 종종 혼자 생각에 잠길 때는 많았습니다만."

"……음."

그러고 몇 백 미터가량을 다시 말 없이 차를 몬 정진건이 다시 입을 뗐다.

"광수대에 있기 전부터, 그리고 광수대에 배속이 되고 난 뒤로도 석동출 형사의 버디는 배성준 형사란 사람이었네."

"아, 그랬습니꺼?"

"음. 얼핏 보기로도 서로가 신뢰할 수 있는 사이란 느낌이 었지. 배성준 형사는 석동출 형사를 잘 챙겨 주었고, 석동출 형사는 배성준 형사를 존경했지."

김강철은 정진건이 갑자기 무슨 이야기를 하나 싶었지만, 일단 적당히 맞장구를 쳤다.

"하모 배성준 형사님이란 분은 어떤 분이셨습니꺼?"

"나도 잘은 모르지만……. 유능한 베테랑이었다고 알고 있네. 마침 경력도 나랑 비슷하고, 그래서 나도 모르게 자주 눈길이 가더군."

"서로가 베테랑이란 것도 포함해서 말이지예?"

김강철의 농담에 정진건은 웃지 않았다.

"배성준 형사에게는 아들이 둘 있더군. 아내랑은 사별한 모양이고."

"저런."

"그래서 평소에는 처가, 그러니까 배성준 형사의 처제의 집에 아이들을 맡기고서 따로 방을 얻어 살며 출퇴근을 했던 모양이야. 그러면서 종종 짬이 나면 아이들을 만나곤 했다지."

"뭐, 그래도 그런 이야기까지 알고 있을 정도면 친했던 모양입니다?"

"장례식장에서 들었네."

정진건의 말에 김강철은 어? 하는 얼굴로 입을 다물었고, 정진건이 말을 이었다.

"배성준 형사의 장례식장에서 그 처제란 사람이 이야기했지."

"……."

무슨 말을 해야 할지 몰라 입을 열지 못하던 김강철이 힘겹게 입을 뗐다.

"그건…… 참. 유감입니다."

정진건이 담담하게 그 말을 받았다.

"그래."

"순직하셨습니까?"

"……지금은 그렇게 되어 있네."

'지금은' 그렇게 되어 있다?

그 말에 의아해하는 김강철의 표정을 힐끗 살핀 정진건이 물었다.

"얼마 전 조광 그룹의 조설훈이 죽은 건 알고 있지?"

"예? 아, 하모요. 알고 있습죠."

"배성준 형사가 사망한 건 그때였지. 그때 총에 맞아서 사망하고 말았어."

"……."

김강철은 저도 모르게 주먹을 불끈 쥐었다.

"……그 이야기는 알고 있었습니다만 그게 배성준 형사, 그러니까 석동출 형사의 버디였다는 건 몰랐습니다."

"그랬군."

김강철이 몸을 돌려 정진건을 보았다.

"그런데 정 형사님, 방금 말씀하신 '지금은' 그렇게 되어 있다는 게 무슨 말씀이십니까? 그건 명백한 순직 아닙니까?"

정진건이 한숨을 내쉬었다.

"사실, 배성준 형사는 원래 조설훈의 끄나풀이었던 모양이야."

"……."

김강철이 눈을 깜빡였다.

"……예?"

"때마침 감사 결과가 나오기 직전이었지. 배성준 형사가 조설훈에게 뒷돈을 받아 챙겨 조광에 유리한 방향으로 움직였다는 정황이 여럿 나오고 있었다네."

"……."

"아, 석동출 형사는 결백해. 그는 직전까지 배성준 형사가 그랬단 걸 몰랐거든."

"……."

"아무튼 그때 배성준 형사는 현장에서 사망했고, 우리는 배성준 형사를 '순직'처리하기로 했네. 보다 정확히 말하면 석동출 형사는 그러길 바랐단 거지."

정진건이 잠시 뜸을 들였다가 말을 이었다.

"석동출 형사는 그때 당시를 증언하길 조지훈이 조설훈을 납치하여 살해했고, 이를 추격하던 배성준 형사와 자신은 그에 맞섰으나 배성준 형사는 총에 맞아 사망, 자신은 다리에 총상을 입은 채 범인을 현장에서 사살하였다고 했네."

"……정 형사님은 어떻게 보셨습니까?"

"위증이라고 봤어. 알아보니 이런저런 모순이 보였거든. 내……가 조사한 바로는 오히려 조설훈이 배성준 형사와 함께 조지훈을 살해했고, 이를 은폐하려다가 석동출 형사에게 발각되고 만 것일지 모른다는 견해가 나왔지."

"……."

"하지만 그조차 진실인지는 나도 모르네. 배성준 형사가 끝까지 조설훈 편에 서 있었는지, 아니면 그걸 말리려다가 조설훈에게 살해당하고 말았는지……. 그건 석동출 형사도 모르지 않을까. 아무튼 배성준 형사가 마지막에 개심을 했건 아니건, 그가 순직한 것으로 처리되면서 남은 두 아들은 국가로부터 연금을 받게 되겠지."

차 안은 잠시 침묵이 맴돌았다.

김강철이 침묵을 깨며 물었다.

"……무슨 말씀을 하고 싶으신 겁니까?"

정진건이 대답했다.

"이쯤 되니 이제는 나도 뭐가 옳은지 모르겠다는 걸세."

"……."

"그렇다고 배성준 형사를 옹호할 생각은 추호도 없어. 하지만…… 어느 날에는 나도 내 딸들을 위해서라면 검은 유혹에 넘어가지 않고 배길 수 있을까, 문득 그런 생각이 들더군."

김강철이 쓴웃음을 지었다.

"박봉이니까요. 저희는."

"음."

"그라믄 석동출 형사가 이번 작전에 응한 것도 안기부로부터 그걸 함구해 준다는 제안을 받아서 그런 겁니꺼?"

"글쎄……."

정진건이 대답했다.

"나도 궁금하군."

김강철은 더 묻고 싶은 것이 많았지만, 왠지 모르게 그 일에 발을 들이고 말 것이 망설여져 그러지 않았다.

이후 두 사람은 각자 생각에 잠겨 아무 말도 하지 않았다.

그 뒤, 호텔에 도착한 정진건과 김강철은 로비 근처를 어슬렁거리던 박순길과 합류했다.

박순길은 정진건과 함께 있는 김강철의 모습을 보고는 그가 정진건 및 자신과 한편에 섰다는 걸 단박에 눈치챘다.

이후 세 사람은 지금껏 있었던 일을 공유했다.

도중에 김강철은 전화를 받으러 나갔고, 돌아와서는 '김철수'가 곧 합류할 예정이며 그를 호텔로 불렀다고 전했다.

"아따, 참말로 안기부가 개입했네……."

박순길은 그렇게 중얼거렸을 뿐, 별다른 말을 하지 않았다.

왠지, 그래야 할 것 같은 느낌이었다.

세 사람은 김철수가 도착하길 기다렸다.

"여기……입니다."

호텔 로비로 들어선 김철수는 딱딱하게 굳은 얼굴을 하고 있어서, 김강철은 평소 같은 어조로 말을 건네는 걸 잠시 주저하고 말았다.

김강철의 위치를 확인한 김철수는 짧게 고개를 끄덕이곤 김강철이 기다리는 장소로 발걸음을 빠르게 옮겼다.

그리고 김철수가 김강철에게 다가가자 옆 테이블에 앉아 있던 정진건과 박순길이 몸을 일으켰다.

김철수는 그 두 사람에게 힐끗 시선을 던지며 먼저 물었다.

"정진건 형사님과 박순길 형사님이시죠?"

초면에, 그것도 소개도 아직 하지 않았는데도 그는 두 사람이 누구라는 걸 곧장 알아보았다.

정진건은 과연 안기부라고 생각하며 고개를 끄덕였다.

"광역수사대 정진건 형사입니다."

"박순길 형사입니다."

박순길까지 말하고 난 뒤에야 김철수는 다시 입을 뗐다.

"안기부 요원 김철수입니다."

감추는 기색 없이 내뱉은 시원한 소개에 정진건과 박순길은 그 말을 다른 사람들이 듣지나 않았을지 되레 눈치를 살폈다.

김철수는 아랑곳하지 않으며 말을 이었다.

"시간이 없으니 간단하게 하죠. 우선, 마동철……. 석동출은 오지 않을 겁니다."

"무슨 일입니까?"

정진건의 질문에 김철수가 담담히 답했다.

"연락이 닿지 않습니다. 아마 이미 납치되었거나 최악의 경우 사망했겠죠."

"……."

납치? 더군다나 사망?

그걸, 아무렇지도 않게 말해도 되는 건가?

"그건……."

"김갑일."

무슨 질문이 나올지 알고 있다는 듯 김철수가 정진건의 말을 끊었다.

"본명은 가네모토 가츠라. 김갑일은 한국에서 쓰이는 이름이며, 일본에서는 야마구치 일파에 소속되어 있었던 사람입니다."

박순길이 눈을 껌뻑였다.

"잠깐, 그건……."

"야쿠자죠. 조설훈의 아내인 강미자가 야마구치 일파 두목의 양녀입니다. 김갑일은 강미자가 한국에 올 때 수행원으로 대동한 인물이고요."

갑자기 쏟아진 정보에 세 사람은 어안이 벙벙해졌다.

그들 중 가장 빨리 정신을 차린 건 정진건이었다.

"그렇다는 건……."

"나중에 이야기하죠. 어쨌거나 중요한 건 석동출은 김갑일과 함께 있을 것이고, 김갑일은 이제 여기 나오지 않을 거란 이야기입니다."

"……."

김철수는 지시를 하달하듯 정진건과 박순길을 번갈아 보며 빠르게 말을 이었다.

"두 분 중 오늘 양필두와 함께 있었던 분이 누굽니까?"

"아…… 접니다."

박순길이 손을 들었다.

"근디, 그건 왜……."

"그럼 박순길 씨, 사정상 박순길 씨라고 부르겠습니다. 박순길 씨가 저랑 동행하시죠."

"동행?"

김철수가 손목시계를 힐끗 확인한 뒤 말했다.

"저희는 이제부터 부산 조폭 연합 회담장으로 갈 겁니다. 그리고 현 시간부로 저는 안기부 요원이 아닌 조광 그룹의 일원으로 행동할 예정이며, 박순길 씨의 동행인 혹은 김갑일의 대타로 행동하겠습니다."

"……."

마치 오늘 하루 무슨 일이 벌어졌는지를 다 아는 듯한 말투였다.

"김강철 씨."

"예? 아, 예."

"만에 하나 수틀리면 서장님께 말씀드려 놨으니 서장님의 지시를 따라 주십시오."

제 할 말을 마친 김철수가 몸을 돌렸다.

"그럼 갑시다."

"잠깐."

거듭해서 가로막혔지만 이번에는 정진건이 단호하게 그 앞을 막아섰다.

"우리에겐 당신과 동행할 의무가 없소. 마찬가지로, 설령 당신이 안기부 소속이고 그게 사실이라 한들 우리에게 일방적으로 명령을 내릴 권리는 없을 것이오."

"……후우."

김철수가 한숨을 내쉬었다.

"그럼, 그냥 가지 말까요?"

"뭐?"

"그렇게 되면, 어디 봅시다. 내 생각에는 아마 양필두와 서동호가 전쟁을 벌이게 될 거 같은데……. 모르긴 해도 꽤 많은 사람이 죽겠군요. 형사님이 그걸 감당할 수 있겠습니까?"

"……마치 당신이 가면 해결할 수 있을 거란 말투로군."

"그거야 죽이 되건 밥이 되건 해 봐야 알 일이지요."

"하면, 당신의 그런 불확실한 추측에 기대 우리 박순길 형사를 불구덩이 속으로 밀어 넣자는 말입니까?"

김철수는 대답 대신 박순길을 쳐다보았다.

"그럼 빠지시겠습니까?"

"아니, 거시기……."

"뭣하면 저 혼자라도 가도 상관은 없습니다. 그만큼 중재 성공 확률은 희박해지겠지만요."

정진건이 인상을 찌푸렸다.

김철수의 말대로 현장의 목격자 중 한 사람인 박순길이 불참한다면 회담은 아사리 판이 날 확률이 올라갈 테고, 양필두의 파라솔파와 서동호의 봉식이파가 전쟁을 할 가능성도 높았다.

그러니 박순길이 동행하지 않는다면 그 책임은 박순길이 져야 할 것이라는, 교묘한 가스라이팅이었다.

정진건이 그걸 따지고 들려는 찰나, 김철수가 입을 뗐다.

"애당초."

그렇게 운을 뗀 김철수가 말을 이었다.

"두 분이 여기 오지 않았더라면 이런 일은 일어나지 않았을 겁니다."

"그건 무슨 소리지?"

정진건은 이제 숫제 반말을 했지만, 김철수는 아랑곳하지 않았다.

"당신들이 여기 부산으로 온 까닭에 김갑일도 부산으로 왔고, 당신네가 있어서 양필두가 수작을 부렸습니다. 그리고 서동호의 똘마니는…… 그 자그마한 오해들이 겹쳐 지금의 나비효과를 불러왔죠."

대체 무슨 소리를 하는 거지?

"우리가 이 계획을 위해서 얼마나……."

거기까지 말한 김철수는 입을 꾹 다물었다가 픽 웃었다.

"아뇨, 됐습니다. 이것도 제가 부산을 떠나서 생긴 일이지요."

그건 어딘지 자조적인 것처럼도 보이는 웃음이었다.

"좋습니다, 그러면 이렇게 하죠. 회담장에는 저 혼자 가겠습니다. 박순길 씨는 피치 못할 사정이 생겨 불참한 걸로 하고요."

"아뇨."

박순길이 끼어들었다.

"까짓거, 갑시다."

"박 형사."

박순길이 정진건을 보았다.

"뭐, 상황이 어떻게 돌아가는지는 잘 모르겠지만, 이 양반 말씀도 영 틀린 건 아니지라. 제가 거기 안 가면 어쨌거나 큰일이 날 것도 분명하지 않습니까?"

박순길이 어깨를 으쓱였다.

"그야, 나쁜 놈들이 지들끼리 치고받건 말건 그건 제 알 바 아니지만 그 바람에 선량한 민간인에게 불똥이 튀기라도 하믄 발 뻗고 잠 못 잘 것 같걸랑요."

"……."

김철수가 빙긋 웃었다.

"잘 생각하셨습니다. 그러면 박순길 씨, 가시죠."

"잠깐."

정진건이 끼어들었다.

"예?"

"……저도 함께 갑시다."

정진건의 말에 김철수가 눈썹을 씰룩였다.

"말해 두지만 박순길 씨가 빠지고 대신 들어오시는 건 안 됩니다. 이미 얼굴이 팔린 박순길 씨가 아니면 안 되거든요."

"가는 길에 동행만 할 거요."

정진건이 덧붙였다.

"묻고 싶은 것도 많고."

"……좋습니다. 정 그러시다면 말리지는 않겠습니다."

정진건을 지나친 김철수는 뒤돌아보지도 않으며 성큼성큼 발걸음을 옮겼다.

3장

회담장으로 가는 길은 멀지 않았다.

김철수가 운전하는 차에 몸을 맡긴 정진건은 뒷좌석에 앉아 일찌감치 말을 붙였다.

"앞으로 어떻게 될 거 같습니까?"

그 질문을 김철수가 담담히 받았다.

"그건 이번 회담이 평화적으로 끝마쳤을 경우를 가정했을 때 말입니까?"

"……그렇소."

김철수는 기어를 오토로 바꿔 넣으며 정진건의 말을 받았다.

"김강철 형사에게는 어디까지 들으셨습니까?"

"부산 조폭 연합을 이용해 마약을 국내에 들여오려 한다는 것쯤."

"그러면 꽤 잘 아시겠군요. 그러면 예정대로 진행할 뿐입니다."

예정대로, 라.

김강철이 말하길, 이번 작전은 일단 마약의 유통 흐름이 확정되는 것이 전제라고 했다.

카르텔로부터 마약을 입수한다면, 그때부터 DEA가 움직일 명분이 생긴다나.

명분 없는 움직임은 추후 카르텔로 하여금 법적 방어막을 제공할 수 있기에 이런 번거로운 방식을 택한 것이라고도 말했다.

하지만 정진건이 궁금해하는 건 그 '다음' 일이었다.

마약 유통 혐의로 DEA와 공조, 카르텔 유통책을 잡아넣는 건 그들의 몫이라고 치고, 이후 부산 조폭 연합은 어떻게 될까.

간단하게 생각하면 와해될 것이다.

서동호를 비롯한 연합의 핵심은 구속될 것이고, 부산 조폭계는 그대로 무너져 내리며 조직 범죄에 관한 한 무주공산의 지역으로 바뀌게 되리라.

그러나 그림자는 사라지지 않는다.

범죄란 들판에 난 잡초와 같아서, 완전히 뿌리를 뽑아 제

거했다고 생각한 뒤 다시 돌아오면 어느덧 새로운 잡초가 자라 있다.

법을 수호하는 입장에서 정진건은 범죄자와의 이런 끝없는 싸움에 대해 염증을 느끼고 있었다.

어쩌면 범죄와의 전쟁 이후 조광 그룹이 형태를 바꿔 양지로 나온 것처럼, 섣부른 개입은 더 교묘하고 교활한 방식의 범죄 형태를 야기할지도 모른다.

굳이 조광을 들먹이지 않더라도, 이번 사태는 부산 조폭연합이, 그리고 그들을 배후에서 조종한 안기부가 사전에 취할 수 있는 조치를 취하지 않았기 때문에 벌어진 일이었다.

광남파를 제거하는 과정에 서동호의 세력은 그 힘을 흡수, 부산 조폭계에서 힘의 균형은 이미 무너져 내렸고, 설령 서동호가 의도치 않은 일이라고는 하나 '결과적'으로 양필두를 물리적 수단을 동원해 공격한 꼴이 되고 말았다.

설령 안기부의 노림수가 큰 물고기를 잡기 위한 것이라 한들, 정진건의 눈에 이는 이들이 일부러 그물에 걸린 물고기를 놓아 크게 키워 놓고 만 꼴에 불과하다고 생각 중이었다.

카르텔을 잡기 위한 국제공조니 DEA니 하는 건 정진건이 이해할 수도, 알 바도 아니었다.

그로 인해 어떤 무형의 이익을 가져오건 간에 빈대를 잡으려고 자신의 초가삼간에 빈대를 끌어들이고 말아서야, 무슨 소용이겠는가.

어쩌면 이번에 그 카르텔 조직이란 걸 잡아넣더라도 또 다른 마약 밀매 조직이 생겨나지 않으리라 장담할 수 있을까.

그러니 정진건은 싹이 자랄 징조를 보이기 전에 범죄자를 잡아넣어야 한다는 입장이었다.

정진건이 김철수의 말을 받았다.

"나는 그 예정이라는 것의 끝을 묻고 있는 거요. 설마 이번 작전의 끝에 부산의 범죄 조직을 모조리 소탕하고 말겠다는 큰 뜻을 품고 계신 건 아닐 테고."

"……."

저도 모르게 말한 비아냥거림이 불쾌했던 걸까, 김철수는 대답하지 않았다.

그 침묵이 길어져 정진건이 그를 재촉하려는 찰나, 김철수가 입을 뗐다.

"원래는."

그렇게 운을 띄운 김철수가 차분한 어조로 말을 이었다.

"원래는 석동출 씨를 앞세워 부산 조폭계를 통제할 수 있는 환경으로 만들어 보고자 하고 있었습니다."

석동출을 언급하다니, 심지어 그 뒤로도 계속해서 석동출을 이용할 계획이었단 것에 정진건은 언짢음을 감추지 않았다.

"통제?"

"예. 범죄란, 사라지지 않으니까요."

그 부분에서 김철수와 의견이 일치한다는 것이 정진건은 왠지 모르게 불쾌하게 느껴졌다.

"그쪽에선 통제가 가능할 거라고 확신하셨소?"

"예정대로 흘러갔다면요."

가정을 말하면서도 확신에 찬 어조였다.

그 확신도 이 상황에서는 이미 통제 못 할 변수 속에 없었던 일이 되고 말았건만, 정진건은 그가 하는 말이 어딘지 모르게 '믿음'의 경지에 이른 착각에서 우러나온 말투 같다고 생각했다.

"그런데 이번 일이 예정대로 되지 않아서 참 안되셨소."

"동의합니다."

"농담을 받아주는 걸 보니 여유가 있어 뵈는군."

"그럴 리가요."

어조는 태연했지만 정진건은 운전대를 쥔 김철수의 손아귀에 힘이 들어가는 걸 보았다.

"상황은 이미 예정에서 멀어진 지 오래입니다. 이제는 머릿속으로 최악의 수를 염두하고 있죠."

"최악의 수?"

"예. 일단 석동출 씨가 사망했을 경우, 저희는 이제 누굴 바지 사장으로 앞세워야 할지부터 다시 고민해 봐야 하거든요. 흠, 마동철 씨 본인에게 부탁을 해 볼까요? 정진건 씨, 도와주시겠습니까?"

그 허튼소리에 정진건은 웃음조차 나오질 않았다.

"……터무니없는 소릴 아무렇지도 않게 하는군."

"저도 그냥 던져 본 말입니다. 게다가 정진건 씨는 석동출 씨 자리에 대신해서 앉으실 분도 아니고요."

"당연한 소릴."

"그래요. 서울을 떠나긴 요원하시죠? 아직 한창 자라는 중인 따님 두 분도 계시고."

그가 아무렇지도 않게 자신의 두 딸을 언급한 것에 정진건은 주먹을 꾹 쥐었다.

"뭐?"

"명색이 안기부인데 설마 모르실 거라고 생각하셨다면 조금 서운한데요."

"……내 뒷조사를 한 건가?"

"예. 정진건 씨뿐만 아니라 여기 계신 박순길 씨도 조사했죠."

조수석에 앉아 있던 박순길이 눈썹을 씰룩였다.

"시방 무슨 소리요?"

"박순길 씨는 석동출 씨의 대타가 될 수 없단 이야기입니다."

김철수가 조수석을 힐끗 쳐다보았다.

"박순길 씨, 형님이 목포에서 알아주는 조폭이죠?"

"……어이."

“형제가 다른 길을 걷고 있다니, 참 싸구려 신파극에나 나올 법한 비극이죠. 뭐, 어쨌건 박순길 씨가 박순철의 동생인 걸 누군가가 알게 된다면 지역 갈등 조장으로 비칠 수도 있으니 논외라는 이야깁니다.”

“아따, 떡 줄 사람은 생각도 않는데 김칫국부터 처먹고 있네.”

“그래서 말씀드리지 않은 겁니다.”

이 새끼가.

박순길은 주먹을 쥐었다가 스르르 힘을 풀며 코웃음을 쳤다.

“그래, 남의 집 밥숟갈이 몇 갠지도 아는 양반이 이번 일은 어떻게 처신하실라요?”

“그게 문제죠.”

김철수는 자연스럽게 화제를 바꿨다.

“그래서 말입니다만, 거기서 무슨 일이 있었는지, 당사자이신 박순길 씨의 말씀을 들어 봤으면 하는데요.”

“…….”

박순길이 고개를 돌려 정진건을 보았고, 정진건이 짧게 고개를 끄덕이자 박순길은 하는 수 없이 입을 뗐다.

“우선 시간 순서대로 말하자믄…….”

잠자코 박순길의 이야기를 들은 김철수가 핸들을 꺾으며 말했다.

"그랬군요. 대강 알겠습니다."

정말 알고서 하는 말일까, 아니면 허세를 부리는 걸까.

"그래서 어쩔 거요?"

"글러브 박스를 열어 보시겠습니까?"

시키는 대로 글러브 박스를 연 박순길은 멈칫했다.

"이건……."

"자동권총은 사용해 보셨습니까?"

글러브 박스 안에는 권총이 한 정 들어 있었다.

"아니오."

"그러면 제가 가지고 있는 걸로 하죠. 장전 정도는 하실 줄 알죠?"

"그 정도는……."

"그럼 탄창에 탄을 재워 넣어 주십시오."

"……."

이래도 될지, 확신이 서질 않은 박순길이 그에게 물었다.

"혹시 그짝에서 몸수색이라도 하믄?"

"그땐 그때죠."

"……."

"부탁드립니다. 운전 중이어서 손이 없군요."

정진건이 끼어들었다.

"내가 하지."

"……아뇨, 제가 하겠습니다."

사실상의 허락이자 동조에 박순길은 자동권총 탄창에 총알을 재워 넣기 시작했고, 정진건은 그걸 지켜보며 김철수에게 물었다.

"김철수 씨, 당신은 이걸 쓸 일이 있을 거 같소?"

"저도 없으면 좋겠는데요."

김철수가 대답했다.

"그래도 제가 이걸 쓴다면 이미 상황은 최악의 경우로 치달았단 의미겠죠. 그때가 오면……."

김철수가 박순길을 보며 말을 이었다.

"적당히 신호를 드릴 테니 박순길 씨는 빨리 건물 밖으로 탈출해 주십시오."

"……당신은?"

"글쎄요, 거기서 죽을지도 모르죠."

남의 일을 이야기하는 듯한 말투에 정진건이 인상을 찌푸렸다.

"거기서 죽을 생각이오?"

"최악의 경우엔 그럴지도 모르지 않겠습니까? 총알에 눈이 달려서 사람을 가리지도 않을 테니 말입니다."

"……각오가 선 모양이군."

김철수가 담담히 대답했다.

"그런 건 처음부터 그랬죠. 남을 죽일 땐 자신도 죽을 각오를 해야 공평하지 않겠어요?"

"……."

"그래도 그렇게 되면 슬퍼해 주시겠습니까?"

"우리가 그럴 만큼 친한 사이는 아닌 거 같은데."

"하하하."

김철수가 웃었고, 정진건은 그 웃음이 잦아들기를 기다렸다가 입을 뗐다.

"살아서 돌아오시오. 살아서, 조설훈을 죽인 경위와 그 죄에 대한 대가를 치르시오."

"흠, 저는 그걸 죄라고 생각하지 않습니다만……. 아마 다시 같은 상황에 처해도 저는 같은 선택을 할 거 같거든요."

어딘지 묘한 뉘앙스의 대답이라고 생각하며 정진건이 눈살을 찌푸렸다.

"……이유가 뭐건 사람을 죽인 건 죄요."

"철학적이군요. 저도 정진건 씨와 그쪽 담론을 나눠 보면 좋겠지만."

김철수가 서서히 운전 중인 차 속도를 줄였다.

"이제는 그럴 시간이 없는 거 같군요."

"……."

"열쇠는 정진건 씨에게 맡겨 두겠습니다. 나중에 박순길 씨와 타고 돌아가세요. 적당한 곳에 세워 두시면 알아서 끌고 갈 겁니다."

"맡아만 두지."

"아, 혹시 모르니 딱지 떼일 일은 하지 마세요. 그것도 다 세금이니까요."

지금이 농담을 할 상황인가, 따져 묻고 싶었지만 정진건은 김철수의 손끝이 희미하게 떨리는 걸 보고 아무 말도 하지 않았다.

"여기서."

정진건이 입을 뗐다.

"그냥 기동타격대를 호출하는 것도 한 가지 방법일 텐데? 뭐가 되었건 기동타격대가 들이닥치면 뭐라도 나올 거고, 그쪽이 무장 중이라면 서동호 측은 불법무기 소지 혐의로 잡아넣을 수 있을 거요."

"……."

김철수는 아무 대답 없이 주차장에 차를 세운 뒤, 박순길로부터 권총을 받아 바지 뒤춤에 찔러 넣었다.

그걸 걸치고 있는 재킷으로 덮어 가린 뒤에야 김철수가 다시 입을 뗐다.

"안 됩니다."

"……."

"저 혼자 살겠다고 다른 사람을 위험에 빠트려선 안 될 말이죠."

"……무슨 소리요?"

김철수가 빙긋 웃었다.

“기다려 보시면 알 겁니다. 뭐, 저도 그러지 않길 바라고 있지만요.”

차에서 내린 김철수가 차 열쇠를 정진건에게 가볍게 던져 건넸다.

절그럭 소리가 나는 열쇠를 받아 든 정진건의 귓가로 김철수의 목소리가 이어졌다.

“그래도 박순길 씨는 반드시 무사히 보내드리겠습니다.”

“…….”

그러자 박순길이 어깨를 으쓱였다.

“그렇게 걱정 안 해도 내 한 몸 정도는 건사할 수 있지라.”

“그럼요. 저도 잘 알죠.”

김철수는 빙긋 웃으며 그렇게 말한 뒤 정진건에게 눈인사를 했다.

“그럼, 실례하겠습니다.”

“…….”

정진건은 그에게 무슨 작별의 말을 해야 할지 몰라 아무 말도 하지 못했고, 김철수는 박순길과 함께 중식당으로 향했다.

예전에도 이 장소의 회담 분위기가 화기애애했던 것은 아니지만, 지금은 그 공기부터가 자못 남달랐다.

팽팽한 살기로 살갗이 따끔거리는 것 같다고, 박순길은 생각했다.

그 외에는 중식당 특유의 풍취가 배어 있었고, 사이사이 옅은 장미향이 은은하게 풍겼다.

'킁킁, 이 집 주인장 취향 한번 독특하구마잉.'

입구부터 '휴업' 간판을 따로 내건 중식당은 아예 전세를 낸 듯 텅 비어 있었는데, 1층부터 2층에 이르기까지 양필두의 부하들이 빼곡하게 들어차 있었다.

박순길과 김철수는 한 차례 제지를 받았으나 박순길을 알아 본 부하 한 명이 그 제지를 말려 준 덕에 그들은 양필두가 기다리는 2층 VIP룸으로 향할 수 있었다.

"오셨소."

양필두가 앉은 자리에서 박순길에게 인사를 건넸다.

"예, 회장님."

박순길은 대답하며 방을 살폈다.

서동호는 아직 도착하지 않은 걸까, 거기엔 양필두 외에 박순길도 면식이 있는 서동호 측 부하가 좌불안석인 기색을 억누른 채 가만히 앉아 있을 뿐이었다.

'이름이…… 이일호였댔나? 쟈도 고생이 많네.'

양필두가 물었다.

"김갑일 실장님은?"

보아하니 정말로, 그는 석동출의 행방에 대해 모르는 눈치였다.

'……이거, 참말로 김갑일 그놈이 석동출을 끌고 간 모양인디.'

김철수가 대신 답했다.

"김 실장님은 중요한 사정이 생겨 불참하였습니다."

"사정?"

지금 이 상황보다 더 중요한 일이 있기라도 하냐는 말투였다.

김철수는 아랑곳하지 않으며 대답을 이어 갔다.

"예. 본사 쪽에 중요한 일이 생겼다고 들었습니다."

아무렇지도 않게 거짓말을 늘어놓는군.

박순길은 속으로 생각했다.

"……흠."

김철수의 대답이 만족스럽지 않은 듯 양필두는 떨떠름한 얼굴로 고개를 끄덕였다.

"그나저나 아직 소개를 하지 않은 것 같소만."

"아, 네. 소개가 늦었습니다. 박순길 차장님과 함께 부산에 내려온 정진건 실장입니다."

김철수는 태연히 정진건 행세를 하며 앞서 말을 맞춰 둔 직책을 입에 담았다.

"그렇구려. 정 실장님, 들어서 아시겠지만 나는 양필두요."

"예, 말씀은 많이 들었습니다."

"음. 소개는 이쯤하면 됐으니 앉으시게."

얼핏 보기엔 평범한 비즈니스 토크처럼 보이는 대화였지만 그러는 사이 양필두는 정진건(김철수)을 세세히 뜯어 살피고 있었다.

'저 양반, 평범……한 척을 하고 있지만 결코 평범하지 않은 것 같구먼.'

김철수와 박순길이 자리를 잡자마자 양필두가 입을 뗐다.

"허면 정 실장님. 관련해서 이야기 들은 건 있소?"

"대강은요."

김철수가 대답했다.

"서동호 씨 측에서 양 회장님을 공격하려고 했다고 들었습니다만."

"음."

고개를 끄덕인 양필두가 나직이 말했다.

"헌데 여기 있는 이일호 씨에게 들으니 오해가 좀 있었던 모양이더군."

"오해요?"

"그렇소. 서동호 씨는 물론이거니와 여기 있는 일호 씨도 전혀 몰랐던 일이던데. 아무래도 행동이 먼저 앞서는 아들이 뭔가 오해를 해가 사고를 치뿐 게 전부요."

말하는 걸 들으니 양필두는 이 일을 '항쟁'으로 끌고 갈 생각은 없는 듯했다.

'하긴, 이 일로 마약 거래가 틀어지뿌믄 그건 그것대로 양필두가 바라는 일이 아닐 텐께.'

죽은 사람은 어쩔 수 없지만, 산 사람은 살아야 하지 않겠는가.

양필두는 감정을 앞세우기보단 보다 합리적으로 사태를 끌고 갈 생각인 듯했다.

"다만……."

양필두가 눈빛을 바꿔 말을 이었다.

"그건 그거, 이건 이긴 기라. 설사 서동호한테 그런 의도가 아니었다 카더라도 공격을 당한 건 내고, 내는 죽다 살아났지마는 그 일로 내 오른팔을 잃었다 아이오."

"……."

이거, 쉽지 않겠군.

양필두는 이번 일로 어떻게든 핏값을 받아 내고야 말겠다는 의지가 확고해 보였다.

"심지어 금마는 내를 지키다가 그리 가뿟는데, 이대로 얌전히 넘어가믄 내 태식이 금마한테 면목이 없어서라도 발 뻗고 잠 못 잔다, 이거요."

거, 영감님 말은 똑바로 하셔야지.

'태식이? 이제야 그 양반 이름을 알았구마잉. 그나저나 암튼 그놈이 죽은 건 말 그대로 눈먼 총알에 맞아가 뒈진 거구만……. 말 그대로 운이 나빴던 것인디 말여.'

정말로 그렇게 믿고 있는 건지, 아니면 그렇게 나가는 게 자신에게 이익이 되는 일이어서 진실을 왜곡하는 건지는 알 수 없지만, 양필두의 입장은 그러했다.

'이거 끼어들어야 하나.'

박순길은 김철수를 힐끗 쳐다보았다.

"저런, 상심이 크시겠습니다."

김철수도 분명 그런 식의 사고라는 걸 알고 있을 텐데도 그는 왜곡을 정정하지 않았다.

'일단 좋게좋게 넘어가자는 건가?'

김철수가 지금 어떤 그림을 그리고 있는지 모르는 박순길은 눈치만 살폈다.

"말 그대로요."

양필두가 흥, 하고 씩씩 콧김을 내쉬며 팔짱을 꼈다.

"마음 같아서는 금마, 이름이 뭐였노?"

이일호가 대답했다.

"장이수입니다, 회장님."

"그래, 장이수 금마를 씹어 먹어도 시원치 않다 이거요."

김철수가 물었다.

"그 장이수란 분은 지금 어디 계십니까?"

"자알 관리하고 있소."

양필두가 이죽거렸다.

"부하들한테도 털끝 하나 건들지 말라꼬 말해 뒀소. 아무렴, 금마는 내한테 중요한 손님이니 그래야지.”

“아무튼 무사한 모양이라 다행입니다.”

양필두가 눈썹을 씰룩였다.

“정 실장, 그건 또 무슨 소리요?”

“그야, 일단 장이수 씨가 목숨은 부지하고 있어야 서동호 씨와 협상을 할 때 요긴하게 쓸 수 있지 않겠습니까? 나중에 무슨 일이 벌어지건 그건 서동호 씨와 이야기를 나눠 본 뒤에 진행할 일이니까요.”

눈 하나 깜짝하지 않고 말하는 김철수의 발언에 양필두가 씩 웃었다.

“거, 우리 정 실장님, 내랑 말이 잘 통하는 양반이네.”

“감사합니다.”

“그래, 정 실장님, 혹시라도 조광에서 일거리가 떨어지믄 내한테 오소.”

“하하, 기억해 두겠습니다.”

양필두는 조광이 자신의 편을 들어주는 것이 흡족한 모양으로, 그는 주섬주섬 담배를 꺼내 입에 물었다.

“그나저나…….”

“아, 죄송하지만 담배는 좀 자제해 주시겠습니까?”

“엉?”

“선천적으로 기관지가 약해서요. 양해해 주시면 감사하겠습니다.”

"……."

담배를 입에 문 채로 김철수를 물끄러미 쳐다보던 양필두가 픽 웃으며 담배를 내려놓았다.

"뭐, 그라믄 그럽시다."

"감사합니다."

"암튼 아까 이야기를 계속해 보자면……."

양필두가 담배를 만지작거리며 말을 이었다.

"내는 이번 일로 서동호랑 어떤 협상을 할 생각인데, 조광은 그 내용에 끼지 말아 주셨으면 좋겠소."

"마약 말씀이십니까?"

김철수의 직설적인 말에 양필두는 픽 웃었다.

"그렇소. ……다시 한번 확인차 물어보는 건데, 조광은 이 사업에 낄 생각이 없는 건 확실합니꺼?"

"그럼요, 물론이죠. 저희는 연합 측이 광금후의 뒷배를 끊어 주신 것만 해도 만족하고 있습니다. 이번 방문도 결과적으로 일이 꼬이긴 했지만…… 실은 인사차 들른 것에 불과했고요."

"거기도 사정이 복잡하구먼."

"정말입니다."

이런 점은 과연 안기부라고 해야 할지, 광수대 팀원들이 머리를 맞대 가며 추론한 것들을 김철수는 훤하게 꿰고 있었다.

'나중에…… 김철수 씨한테 들어 볼 말이 많겠구마잉.'

여기서 무사히 살아서 돌아간다면.

'그래도 일단 분위기는 나쁘지 않아 보이는디……. 그나저나 서동호랬나? 금마는 언제 오는겨?'

박순길과 같은 생각을 했는지 양필두가 고급 손목시계를 보며 투덜댔다.

"그나저나 서동호 이 새끼는 시간이 다 됐는데 왜 오질 않고……."

그때 문이 벌컥 열렸다.

"좀 늦었소."

서동호가 모습을 드러냈다.

부하는 대동하지 않고, 혼자 왔다.

'흐음, 쟈가 서동호란 말이제?'

이번이 초면이지만, 어떤 유형의 조폭인지는 한눈에 보아도 알 것 같다.

장신에 뼈대가 굵었고, 그만큼 덩치가 커서 그가 들어온 것만으로도 방이 꽉 차는 느낌이었다.

'만약 싸우게 되면…… 쉽지 않겠네.'

왠지 김철수가 숨겨 온 몇 구경 안 되는 총알 몇 발쯤은 몸에 맞아도 거뜬히 견뎌 낼 것 같다.

"어, 형님……."

이일호가 자리에서 벌떡 일어섰고, 서동호는 그를 물끄러미 보더니 성큼성큼 걸어가 자리에 턱, 하고 앉았다.

"왔나?"

양필두의 말에 서동호가 대답했다.

"보시다시피 왔소."

"……그래. 양반은 못 되겠네. 그보다 니, 내한테 또 할 말이 있을 텐데?"

"늦어서 죄송하게 되었소. 일이 좀 바빠서."

"늦어서, 죄송한 기가?"

"예."

이거, 중재를 해야 하나? 박순길은 김철수를 힐끗 살폈지만, 김철수는 태연해 보였다.

"됐다, 마. 인자 그 이야기를 할 참이니까."

양필두가 인상을 찌푸리며 한 말에 서동호는 태연히 고개를 끄덕였다.

"그랍시다. 그나저나……."

서동호가 고개를 돌려 김철수와 박순길을 보았다.

"조광에서 왔다는 분이오?"

"예."

김철수가 일어서서 대답했다.

"처음 뵙겠습니다. 정진건 실장이라고 합니다. 그리고 여기는 박순길 차장이고요."

"처음 뵙겠습니다. 박순길 차장입니다."

박순길이 엉거주춤 일어서서 인사를 했지만 서동호는 앉은 채로 박순길을 위아래로 훑어보기만 할 뿐 인사를 받지 않았다.

대신, 김철수에게 물었다.

"김갑일 실장이란 사람은?"

"급한 일이 있어 불참하였습니다."

"……급한 일이라."

서동호가 픽 웃었다.

"지금 이것보다 더 급한 일이 있단 말이오?"

"저도 자세히는 모릅니다. 부서가 달라서요."

"……흥."

서동호는 코웃음을 친 뒤 양필두를 보았다.

"마동철 씨는예?"

"안 왔다."

양필두가 딱딱하게 말을 받았다.

"길이 막히나 보지."

"그런 것치고는 연락도 안 되던데."

양필두가 멈칫했다.

"……연락이 안 돼?"

"예. 전화를 걸어도 안 받아서 마순태 회장님 댁에 찾아갔더니…… 일찍 집을 나섰다 카데예."

그러면서 서동호는 김철수를 물끄러미 쳐다보았다.

"혹시 알고 있소?"

김철수가 태연히 그 말을 받았다.

"글쎄요, 저도 잘 모르겠습니다. 저는 뵌 적도 없는 분이고요."

"흐음."

양필두가 끼어들었다.

"동호 니, 지금 그게 중요하나?"

"꽤 중요한 일이지 않소? 이 상황을 중재할 사람이 오질 않았는데."

"……그까이 꺼, 까놓고 말하믄 니나 내만 있어도 가능한 일이제. 뭣하믄 조광에서 오신 손님들고 있고……."

서동호가 이죽거리며 양필두의 말을 끊었다.

"왜, 혹시 필두 햄이 빼돌리셨소?"

"뭐?"

"마동철 씨 말입니더. 필두 햄이 빼돌린 거냐고 물었습니다."

양필두는 어처구니가 없다는 듯 서동호를 보았다.

"그게 무슨 소리고? 내가 왜?"

"……뭐, 됐수다."

서동호가 의자에 등을 붙이며 담뱃갑을 꺼냈다.

"그나저나……."

"아."

김철수가 끼어들었다.

"죄송합니다만, 여기서 담배는 조금……."

"……."

서동호가 노려보았지만 김철수는 눈 하나 깜짝 하지 않으며 말했다.

"부탁드립니다. 기관지가 약해서요."

"……하."

서동호는 양필두 앞쪽 테이블에 담배 한 개비가 굴러다니고 있던 걸 보더니 픽 웃었다.

"뭐, 좋소. 그럽시다."

서동호가 담뱃갑에서 담배 한 개비를 꺼내 자신 앞에 놓았다.

"다 끝나거든 피우지. ……다 끝나거든."

"감사합니다."

"그보다."

서동호가 아직도 그 자리에 서 있는 이일호를 보았다.

"아직 서 있었나? 니도 앉아라."

"……예, 형님."

이일호가 자리에 앉자 서동호가 다시 입을 뗐다.

"우선은 이 일부터 처리해야겠는데, 거 박순길 씨."

"예?"

"그때 우리 총, 박순길 씨가 챙겼지예? 일단 그거부터 돌려주시오. 경찰도 아이고, 증거 같은 거랍시고 챙길 거 있습니까?"

박순길은 김철수를 힐끗 쳐다보았고, 김철수가 그러라는 듯 짧게 고개를 끄덕였다.

그래서 박순길은 바지 뒤춤에 찔러 넣었던 권총을 꺼내 회전 탁자에 올린 뒤, 서동호가 앉은 테이블로 슥 밀어 넘겼다.

서동호는 그 총을 받아 탄창을 확인한 뒤 박순길을 보았다.

"총알이 없는데?"

"일단 위험하니 빼 두었습니다."

"흠."

서동호는 재킷 주머니를 뒤져 총알을 꺼낸 뒤, 그걸 탄창에 밀어 넣었다.

한 발.

말릴 새도 없었다.

그 모습에 양필두는 식겁하며 자리에서 벌떡 일어섰다.

"서동호 니 지금 뭐 하노?"

"보면 모릅니꺼?"

철컥, 서동호는 슬라이드를 당겨 장전까지 마친 뒤 김철수와 박순길 쪽으로 총구를 향했다.

"내도 인자 대화를 하려는 거요."

부지불식간에 벌어진 일이었다.

이 상황에 이르자 박순길의 머릿속 생각이 빠르게 회전했다.

'옘병, 이 새끼가……?'

처음엔 비난.

'덤비면 뺏을 수 있나? 이짝은 셋이고, 저짝은…….'

다음은 전략 수립.

'아니네, 이일호란 놈이 커버를 치믄 거시기 해 불런가.'

이어서 전략의 허점.

'지금 덤벼들어도 거리를 좁히는 게…….'

박순길의 생각은 김철수의 담담한 목소리에 사라졌다.

"뭐 하시는 거죠?"

"대화."

나직이 답한 서동호가 물었다.

"그래서 니들은 누고?"

"말씀드리지 않았습니까? 저는 정진건……."

"마, 치아라."

서동호가 눈썹을 씰룩였다.

"여기 오기 전에 통화했다. 아까 박철민 사장 쪽에 '구봉팔'이 보낸 부하 둘이 도착했다더군."

"……."

"이거 참 이상하단 말이지. 구봉팔이 보낸 사람은 여기 있는데, 그러면 저쪽에 있는 구봉팔 쪽 사람은 대체 누굴까?"

낭패였다.

'설마하니 구봉팔도 사람을 보냈을 줄이야.'

박순길은 자신이 한 거짓말이 여기서 이렇게 돌아온 것에 참담한 기분을 느꼈다.

"아, 그랬군요."

그런데 정작 김철수는 서동호가 겨눈 총이 눈에 보이지 않는 것처럼 태연했다.

"혹시 누가 왔습니까? 장건후? 아니면 권지호?"

"……."

"아무래도 동선이 좀 꼬인 모양이군요. 뭐, 워낙 긴박하게 돌아간 일이다 보니……."

김철수가 고개를 돌려 양필두를 보았다.

"여기 박순길 차장에게 들었습니다만, 그때 양 회장님께서도 저희 구봉팔 이사님이랑 통화를 하지 않으셨습니까?"

"……아, 그랬지."

양필두가 뒤늦게 답했다.

"그때 내랑 구봉팔이랑 전화했었다. 동호 니가 뭔가 오해를 하고 있는 모양인데 아무런 문제도……."

"오해는 무슨."

서동호가 픽 웃었다.

"암만 봐도 돌아가는 상황이 요상해서 그라요. 내가 몇 시간 전만 해도 마동철이랑 통화도 했는데, 정작 지금 마동철이는 코빼기도 안 보이고……. 이게 다 요놈들이 오면서 생긴 일 아니요?"

"……."

"마, 됐심다. 그거는 이제부터 차근차근 들어보면 될 일이니까."

서동호가 김철수에게 총을 겨누며 물었다.

"니, 경찰이제?"

박순길은 움찔할 뻔한 걸 간신히 참았고, 김철수는 어리둥절해하는 얼굴을 했다.

"예? 경찰요?"

"내 보이까, 그런 거 같더만. 그래, 아마 김갑일이란 놈이 조광 출신인 건 맞을 끼라. 그라고 조광은 뒤에서 경찰이랑 손을 잡고 마동철이를 빼돌렸겠제."

"재밌는 말씀이네요. 저희가 경찰이면 이 상황 자체가 서동호 씨에게도 위험한 일 아닙니까? 대한민국 경찰에게 총을 들이대다뇨."

김철수가 빙긋 웃으며 덧붙였다.

"그것도 한낱 부산 촌놈 깡패새끼가."

"……새끼."

꾸욱, 권총을 쥔 서동호의 팔뚝에 핏줄이 섰다.

'이거, 내 대신 총 한 방 맞고 시작하자는 거시여?'

박순길이 식겁하며 김철수를 보았지만, 그는 태연히 말을

이었다.

"그러면 묻죠. 백 번 양보해서 저희가 경찰이고, 김갑일 실장을 이용해 마동철 씨를 빼돌렸다고 칩시다. 하지만 저희가 그럴 이유는 뭐죠?"

"……뭐긴, 경찰에 마약을 거래하는 게 걸렸으니 인자부터 조광은 경찰에 협조해서 꼬리를 잘라 보려는 거겠지."

김철수가 고개를 끄덕였다.

"그럴듯하군요. 서동호 씨 생각에 아마 마동철 씨는 경찰과 사법거래를 해서 형량을 낮춰 보려는 거겠고요."

"그래, 내 말이 그거다."

"에휴."

김철수는 보란 듯 한숨을 내쉬더니 한심하다는 듯 서동호를 보았다.

"서동호 씨, 지금 장난하십니까?"

"뭐?"

"보십쇼, 저희가 경찰이면 미쳤다고 여길 오겠습니까? 발한 번 삐끗했다간 죽을 걸 뻔히 아는데."

"……."

"제가 경찰이고, 마약 거래 정황을 다 알고 있다면 지금 당장 기동대를 투입해서 이 식당을 포위했을 겁니다. 그 편이 더 안전하고 합리적이죠. 이미 연합 수장인 마동철 씨를 확보한 마당에 위험을 감수해 가며 이 자리에 올 이유는 또 뭡니까?"

박순길이 듣기에도 꽤 그럴듯하게 들리는 말이었다.

동시에 이런 의문도 들었다.

'그러게, 야는 왜 안 그랬을까잉?'

설마하니 김철수가 '전쟁'으로 인한 피해를 막고자 목숨을 걸었을 것 같지는 않은데.

'오히려 잠자코 깡패 새끼덜의 양패구상을 노렸어도 될 텐디.'

「저 혼자 살겠다고 다른 사람을 위험에 빠트려선 안 될 말이죠.」

박순길은 식당에 들어오기 직전 김철수가 한 말을 생각했다.

'뭔가, 요로코롬 줄타기까지 할 맹키로 생각한 게 있는 긴가.'

잠시 침묵을 지키고 있던 서동호가 입을 뗐다.

"그렇다고 해도 이 상황은 설명이 안 돼. 그러면 너는 구봉팔이 두 번씩이나 부하를, 부산에 내려 보냈단 말이냐?"

김철수가 어깨를 으쓱였다.

"그게 아니면 뭐겠습니까? 오히려 이렇게 생각하셔야죠. '지금 상황은 그만큼 조광에서도 예의주시하고 있다'고요."

"……."

"잴 것도 없죠. 그럼 이렇게 합시다……."

김철수가 손을 재킷에 가져가자 서동호가 권총을 들어 올렸고, 보란 듯 멈칫한 김철수는 빙긋 웃었다.

"그냥 핸드폰을 꺼내려는 겁니다."

"핸드폰?"

"예. 구봉팔 이사님의 통화 한 번이면 다 끝날 오해 아닙니까?"

"……."

서동호는 김철수에게서 총을 겨눈 채 입을 열었다.

"일호야."

"예, 형님."

"정 실장님 핸드폰 좀 꺼내 드리라."

엉거주춤 일어선 이일호는 김철수에게 다가갔다.

"실례 좀 하겠습니다."

"오른쪽 주머니입니다."

"예."

박순길은 그 모습을 보며 호신용 권총이 걸리지는 않을지 걱정했지만, 다행히 이일호는 그런 일 없이 핸드폰을 꺼냈다.

"됐죠? 손 좀 쓰겠습니다."

이일호에게서 핸드폰을 낚아챈 김철수가 폴더를 열어 키

패드를 꾹꾹 눌렀다.

'……받을까? 아니, 받는다고 다가 아닌데.'

구봉팔이 이 상황을 어떻게 받아들일지, 그리고 '모른다'고 부정한다면…….

'곧바로 뛰어 들어야겠군.'

박순길은 언제든 뛰쳐나갈 수 있도록 슬며시 근육에 힘을 주었다.

뚜르르.

몇 차례 신호가 가고, 김철수가 말했다.

"여보세요? 아, 구봉팔 이사님."

전화를, 받은 걸까?

"이 시간에 전화를 드려서 죄송합니다. 다름이 아니라……."

서동호가 총을 들지 않은 반대쪽 손을 내밀었다.

"잠시만요. 서동호 씨를 바꿔 드리겠습니다."

김철수는 아무 망설임도 없이 핸드폰을 회전 탁자에 올린 뒤, 서동호 방향으로 슥 밀었다.

서동호는 조준을 유지한 채로 전화를 받았다.

"구봉팔 씨? 오랜만이오. 서동호입니더."

—……무슨 일이오?

목소리는, 그때 구봉팔(박진호)의 목소리가 맞는 것 같다.

하지만 전화상의 목소리란 것이 왜곡되기 일쑤라는 것쯤

은 알고 있었던 서동호는 확인차 물었다.

“뭐, 별건 아니고 잘 지내고 계신지 궁금해 갖고. 덩달아 그때…….”

—……김민수 그 친구 안부도 궁금한가?

구봉팔의 목소리에는 조금 짜증이 묻어났다.

“예, 김민수 씨. 그때 보고 본 적이 없어갖고. 어디였더라……?”

—떠볼 필요 없소. 창원 물류 공장 말이겠지.

구봉팔이 말을 이었다.

—왜, 지금 내 부하랑 같이 있소? 오전 양 회장 때랑 달리 권지호 그 친구는 내 오른팔이나 다름없는 친구니 의심할 거 없소.

권지호.

아까 정진건(김철수)이 말한 이름 중 하나였다.

“아니, 지금은 정진건 실장과 박순길 차장이란 분이랑 같이 있소.”

기분 탓인지는 모르지만 수화기 너머 구봉팔이 헛숨을 들이켠 것 같았다.

—지금…… 뭐라고?

무슨 대화 중인 걸까, 스피커폰 기능이 없는 시대여서 박순길은 지금 서동호가 구봉팔과 무슨 대화를 나누고 있는지 알 길이 없어 답답했다.

“정진건 실장과 박순길 차장. 구봉팔 씨가 모르는 사람이

오?"

그렇게 말하며 서동호는 김철수를 노려보았지만.

—아니. 아는 사람이오.

구봉팔이 흔쾌히 답했다.

—두 분께 실례가 되지 않도록 잘 처신해 주시오.

"……그렇습니까?"

—옆에 있는 것 같은데, 좀 바꿔 주겠소?

"……."

서동호는 김철수에게 핸드폰을 밀어 건넸다.

"예, 구봉팔 이사님."

김철수가 전화를 받았다.

—정진건 '실장님'입니까.

"예, 그렇습니다."

—다른 분도 듣고 있습니까?

"아, 네. 석동출 대리님도 잘 지내고 있더군요."

구봉팔은 잠시 뜸을 들인 뒤 물었다.

—……지금은 무슨 상황입니까?

"지금요? 꽤 긴급하죠. 그러니 서동호 씨에게 이사님께서 잘 좀 말씀해 주셨으면 합니다.

—협조하겠습니다.

"그럼요. 서동호 씨를 바꿔 드릴까요? 아, 여기 양필두 회장님도 함께 계시는데."

–서동호를 바꿔 주십시오.

김철수의 핸드폰이 서동호에게 갔다.

"예, 서동호입니다."

–두 분과 지금 뭘 하고 계십니까?

"……그냥 사소한 오해가 좀 있었습니다."

–알겠소. 방금은 두 분의 신원에 대해 내 확인이 필요했던 모양인데, 그건 걱정할 필요 없습니다. 용건이 끝났으면 이만 끊죠.

"그리하입시다."

–…….

구봉팔 측이 먼저 전화를 끊었고, 서동호는 복잡한 얼굴로 폴더를 접었다.

"구봉팔 '이사님' 말씀은 사실인가 보오."

그 모습에 박순길은 약간 안도했다.

'구봉팔이가 맞장구를 쳐줬구마잉.'

구봉팔은 '정진건'과 '박순길'이라는 이름에서 두 사람이 누군지를 눈치채고서 쿵짝을 맞춰 준 모양이었다.

'그때 가명을 안 대길 잘 했네.'

김철수가 떨떠름해하는 얼굴로 따지듯 말을 받았다.

"나 참, 그렇다고 말씀드리지 않았습니까?"

"……그런데 어째, 구봉팔 이사님의 '부하'는 아닌 것 같구먼."

김철수가 어깨를 으쓱였다.

"사정이 좀 복잡합니다."

"복잡?"

"예. 엄밀히 말하면 저희는 이철희 CEO님 쪽 직속이거든요."

이철희라면, 얼마 전 취임한 조광의 신임 CEO였다.

김철수가 말을 이었다.

"요즘은 저희도 내부 사정이 좀 그래서요. 얼마 전에 부서를 통폐합하면서 구봉팔 이사님 밑으로 들어가게 되었습니다. 그러니 직책상으로는 구봉팔 이사님의 부하가 맞지만, 아직은 조금 껄끄럽다고 해야 할까요……. 하하."

"……."

박순길은 김철수가 참 잘도 둘러댄다고 생각했다.

한동안 생각하던 서동호가 고개를 끄덕였다.

그렇다면야 구봉팔이 저 두 사람을 어려워하는 느낌을 준 것도 조금, 이해가 간 것이다.

마침내 서동호가 권총의 안전장치를 채우고 탁자에 놓았다.

"이거, 실례가 많았소."

그제야 박순길은 마음을 놓는 동시에, 김철수가 당장 총을 빼들어 저놈의 대가리를 쏴 줬으면 좋겠다는 생각을 했다.

아마, 자신이 그 총을 가지고 있었다면 진즉에 그랬을 것이다.

뭐, 그랬다가는 경위서는커녕 아예 옷을 벗게 될지도 모르지만 죽는 것보단 낫지 않겠는가.

"그러니 방금 전까지 결례는 용서해 주시구려."

"아닙니다. 저도 아까 한낱 부산 촌놈 깡패새끼라고 말씀드린 걸 사과드립니다.

"……."

저게, 끝까지 긁네.

뜨악한 박순길과 달리 서동호는 무어라 말하려다가 그냥 픽 웃었다.

"그럽시다, 그럼."

다행히 그 오해(?)의 순간은 넘어갔지만, 이제 고작 한 고비를 넘겼을 뿐이었다.

"그러면 이제부터는 여기계신 양필두 회장님이랑 이야기를 해 봐야겠는데."

서동호는 그렇게 말하며 양필두를 보았고, 양필두는 서동호를 노려보았다.

"거, 필두 행님도 참."

서동호는 픽 웃으며 아까 내려놓은 권총을 집어 들더니(그러자 양필두가 움찔했다), 원형 탁자에 올려 그걸 양필두에게 건넸다.

"이라믄 됐소?"

"……."

이번에는 양필두가 권총을 쥐었다.

엉겁결에 권총을 쥐기는 했으나 양필두는 손에 권총을 쥐어 본 적이 없는 남자였다.

아니, 학생 시절 교련 때 쥐어 본 적은 있는 것 같기도 했지만 그 시절은 까마득히 먼 옛날 일이었던 데다가 그때도 의미 모를 총검술만 익혔을 뿐이었다.

그래서 양필두는 당황한 티를 내지 않기 위해서라도 목소리를 높였다.

"동호 니, 이게 뭔 뜻이고?"

"거, 참."

서동호는 권총을 쥔 양필두의 손이 떨리는 걸 보았지만, 그 티를 내지 않으며 말을 이었다.

"아시잖습니까? 오늘 낮에 있었던 일에 대해서입니다."

"……."

"우쨌건 오늘 태화빌딩에서 있었던 일은 여러모로 사죄드리겠습니다. 인자 주도권은 필두 행님께 있으니 죽이든 말든 알아서 하십쇼."

방금 전 총구가 김철수를 향하고 있을 때도 아무런 말도 못했던 양필두였다.

그는 지금 이 순간 조폭으로서 그 역량으로나 배짱으로나 자신이 퇴물임을, 서동호는 둘째 치고 저 조광의 샌님들에게도 밀리는 인간이 되고 말았다는 걸 깨달았다.

그 사실을 인정하고 싶지 않았던 양필두가 권총을 서동호에게 겨눴다.

"그라믄 내가 여기서 니를 쥑이삐도 된단 말이가?"

안전장치조차 풀지 않은 총.

서동호는 그 총구를 쥐고 자신의 이마에 눌러 붙였다.

"쏘실 거면 지금입니더. 자, 이라믄 빗나갈 일도 없겠지예?"

박순길은 그 와중 서동호가 방아쇠며 안전장치에 손가락을 걸쳐 둔 상태임을 알아보았다.

'흐미, 암튼 부산 조폭 놈들 허세만큼은 전국구급이여.'

양필두가 얼른 총을 치웠다.

"마, 치아라."

"안 쏘실 겁니꺼?"

"……비록 내 오른팔인 태식이를 잃기는 했지마는 그건 니가 의도한 것도 아이고…… 어디까지나 부하들이 멋대로 저지른 일이다. 여서 니를 쥑이 뿌는 건 쉽지만은 그래 봐야 손만 더럽히지."

허세를 떨고는 있었지만 여기 있는 모두는 상황의 주도권이 이미 서동호에게 넘어왔음을 알았다.

서동호는 입매를 비틀어 비릿한 미소를 지으며 의자에 도로 엉덩이를 붙였다.

"그라믄 이제 우짤랍니꺼?"

양필두는 총을 테이블에 놓으려다가 총구만을 내려 말을 받았다.

"……인자 그 이야기를 해 봐야지. 오늘 일은 우리 아그들 얼굴을 봐서라도 그냥 넘어갈 수는 없는 일 아이겠나?"

그 말에 서동호는 고개를 끄덕였다.

"하모 이리 하입시다."

뒤이어 서동호가 좌불안석인 이일호를 쳐다보았다.

"일호야."

이일호는 즉각 대답했다.

"예, 형님."

"그때 사고 친 아 누구누구고?"

이일호는 서동호에게 아직 보고가 올라가지 않은 건가, 생각하며 고분고분 대답했다.

"장이수랑 염상호입니다, 형님. 그 왜……."

그가 장이수와 염상호에 대해 설명하려는데 서동호가 말을 끊었다.

"갸들은 지금 어딨노?"

"양 회장님이 관리 중입니다."

운전을 한 염상호는 크게 다치긴 했지만 목숨은 부지한 상태였고, 김갑일에게 제압당한 장이수는 사지가 멀쩡한 상태로 양필두의 아지트 중 한 곳에 감금 중이었다.

그 감금 과정에 암살 미수범인 장이수도 몸 상태가 멀쩡하지는 않겠지만, 이일호는 그걸 눈치껏 '관리'라는 표현으로 에둘러 말했을 뿐이었다.

하지만 서동호는 별 관심 없다는 태도로 고개를 돌려 양필두를 보았다.

"필두 행님."

"와."

"그라믄 그 두 놈 쥑이뿌소."

양필두는 잠시, 서동호가 무슨 말을 한 건지 이해하느라 시간이 걸렸다.

"뭐?"

"행님이 태식이 금마를 아끼는 건 지도 잘 알고 있습니더."

서동호는 자연스럽게 테이블에 올려 둔 담배에 손을 가져갔지만, 김철수가 빙긋 웃으며 손을 덮었다.

"죄송합니다만……."

"……흥."

서동호는 다시 의자에 등을 붙이며 말을 이었다.

"암튼 간에 핏값은 피로 갚아야 되지 않겠습니까? 다행히도 필두 행님은 '무사'하시지만은 그래도 태식이 금마가 죽은 건 마찬가지고……. 잘못도 이쪽에 있으니까 우리 아 두 놈 내드릴 테니 이만하면 저울이 맞을 거 같은데."

양필두는 마른침을 꿀꺽 삼켰다.

"진심이가?"

"왜, 부족합니꺼? 일호야."

서동호의 말에 당황하긴 매한가지였던 이일호가 얼른 정신을 차리며 그 말을 받았다.

"예, 형님."

"니도 니 밑에 아 관리 몬한 거 책임 지야제. 손꾸락 짤라라."

"……예?"

손가락을 자르라고?

서동호가 담담한 어조로 말을 이었다.

"필두 햄, 밑에 아들 시켜가 칼 하나 갖고 오게 하이소. 마침 청요릿집이고 하니까네 큼지막한 칼은 있을 거 아입니꺼?"

"……."

"아니믄 일호 점마한테 가 오라 할까예?"

"마, 됐다. 야쿠자도 아이고 무신."

양필두가 손을 내저었다.

"아, 손꾸락 갖고는 부족합니꺼? 아, 그하모 지금 그 총으로 일호 점마 쥑이뿌소."

이일호가 움찔했고, 양필두는 눈살을 찌푸렸다.

"치아라."

양필두가 눈을 부라리며 말을 이었다.

"그라고 사고를 좀 더 진취적으로 해야지. 멍청한 아새끼

몇 놈을 쥑이 뿐다고 뭐 상황이 해결이나 되겠나?"

아마 양필두는 두 사람을 제거할 용기가 부족한 것이리라.

그걸 꿰뚫어 본 서동호가 히죽 웃으며 양필두를 보았다.

"하모 구체적으로는 뭘 원하는데예? 제 목숨도 됐다, 아새끼들 핏값도 안 받겠다카믄…… 흠, 암만 태식이라캐도 제 손꾸락만큼은 좀 그란데. 거, 젓가락질 몬하믄 밥 먹기 힘들지 않겠습니까."

이미 주도권은 서동호에게 완전히 넘어갔다.

만약 이 자리에 자신의 부하가 한두 놈이라도 있었더라면 양필두도 허세를 부려 허공에 총이라도 쐈겠지만, 지금은 그럴 상황이 아니었다.

양필두는 더 이상 서동호의 수작에 휘말리지 않기 위해서라도 생각해 온 바를 단도직입적으로 요구했다.

"……니 지분 양도 좀 해라."

서동호가 의뭉스런 얼굴로 고개를 까딱였다.

"지분예? 무신 지분?"

"약값."

양필두가 말을 이었다.

"그거믄 이번 일에 대한 위자료로 충분할 거 같다. 태식이 무덤에다 꽃이라도 놓을라카믄 내도 그 꽃값 정도는 받아야 안켔나?"

그 말에 서동호가 흥, 하고 콧방귀를 꼈다.

"거 필두 햄. 귀한 분들 모셔다 놓구서 일을 어렵게 만들라 카시네."

"……뭐?"

"보소, 필두 행님. 지는 그럴 생각도 없지만서두, 그리 되믄 밑에 애들이 우예 생각하겠습니꺼?"

"뭐가 어째?"

"아, 서동호가 파라솔파 양 회장에게 고개를 숙잇다, 이리 생각 안 하겠습니꺼?"

양필두가 서동호를 노려보았으나, 그는 숫제 다리를 꼬며 귀를 후비더니 새끼 손가락을 후, 하고 불었다.

"솔직히 내는 전쟁, 해 뿌도 상관없습니더."

"뭐라꼬?"

양필두가 아래로 내렸던 총구가 다시 위를 향하려는 순간, 김철수가 끼어들었다.

"그건 별로 바람직하지 않은 것 같은데요."

김철수가 입을 떼자 다들 그를 쳐다보았다.

서동호는 언짢은 기색을 감추지 않으며 김철수를 보았다.

"갑자기 무슨 소립니까?"

김철수가 어깨를 으쓱였다.

"저야 여기선 부외자이고 하니 어지간해서는 두 분 사이에 끼어들고 싶지 않았습니다만…… 상황이 이쯤 되니 뭐라도 한마디 던져야 할 거 같았거든요."

"거, 부외자인 거 아시면 좀 빠지시지."

김철수는 그 은근한 위협에도 아랑곳하지 않으며 깍지 낀 손을 테이블에 얹었다.

"그러면 이렇게 하시는 건 어떻습니까? 그 목숨 값을 저희가 내는 걸로요."

김철수의 말에 놀란 건 박순길 뿐만이 아니었다.

"뭐?"

서동호는 불쾌감과 의문이 반반씩 섞인 얼굴로 김철수를 보았다.

"조광이 왜? 분명 조광은 이번 일에 끼어들지 않기로 약속하지 않았던가?"

"그건 그렇죠. '이번 일'에는요."

김철수는 태연히 말을 이었다.

"다만 저희는 이번 거래를 보다 '장기적인 안목'에서 접근하려 하고 있습니다. 실은 그게 원래 예정했던 저희의 부산 방문 목적이기도 하고요."

"장기적인 안목?"

"예. 이를테면…… 흠. 얼마 전에 오명태 씨가 서울에 다녀간 적이 있죠?"

오명태를 언급하자 움찔한 서동호가 김철수를 노려보았다.

"당신이 오명태를 어떻게 아는 거요?"

"지금부터 그걸 말씀드릴 겁니다."

오명태? 누구지? 어디서 들어 본 거 같기도 하고 아닌 거 같기도 하고…….

'아.'

생각났다.

광남파 출신 조폭.

박순길은 그러잖아도 어젯밤, 모텔에서 정진건에게 '왜 오명태를 내버려 두는지 모르겠다'며 푸념을 늘어놓은 기억이 났다.

'이제는 그 이유를 알겠군. 그 인간도 안기부랑 같이 일하는 중이었구마잉.'

김철수가 말을 이었다.

"아시는지 모르겠습니다만, 저희 조광에서는 얼마 전 J&S컴퍼니라고 하는 유통 전문 회사를 설립하고자 주주총회에 결의를 던진 바 있습니다. 주위 반응은 자못 고무적이었고……."

서동호가 김철수의 말을 끊었다.

"됐고, 그게 오명태랑 무슨 상관인가를 묻는 거요, 나는."

"예. 회사에서는 오명태 씨를 J&S컴퍼니 중진으로 기용하기로 했습니다."

요청에 따르긴 했지만, 예상치 못한 갑작스러운 결론이었다.

"뭐? 그쪽이 오명태를 왜?"

"그러게 중간을 건너뛰면 오해가 생긴다니까요."

김철수는 능청스럽게 어깨를 으쓱였지만, 서동호는 그 멱살이라도 잡을 기세였다.

서동호는 인내심을 발휘해 꾹 눌러 말했다.

"……말해 보시오."

"여러분께 나쁜 이야기는 아니니 안심하십시오."

김철수는 흠, 흠, 헛기침을 한 뒤 말을 이었다.

"거두절미하고 말씀드리자면 저희는 이 판을 더 크게 키워 보고자 합니다."

"……더 자세히."

"예. 마침 전국적인 유통망을 포괄하는 합자회사를 설립할 구실도 생겼겠다, 제가 모시는 상사…… 아, 지금은 구봉팔 이사님이지만, 아무튼 제 '예전 상사'께서는 이 기회를 보다 잘 활용하셨으면 하는 바람이 있으셔서요."

서동호가 보기완 달리 머리가 잘 돌아가는 인간임을 알고 있는 김철수는 일부러 '여지'를 남기는 말을 던졌다.

그리고 김철수가 파놓은 안배대로 서동호는 제멋대로 단서를 조합해 상황을 유추하기 시작했다.

우선, 앞선 통화에서 구봉팔이 눈앞의 정진건(김철수)을 어려워했다는 점.

그리고 오전에 양필두와 통화할 당시 구봉팔이 이철희

CEO와 독대 중이었다는 점.

그러잖아도 세간에선 이번에 CEO로 취임한 이철희는 이 사진의 허수아비일 것이란 소문이 돌았다.

'이철희란 인간도 조광 내 누군가의 명령을 받는 놈이란 거지.'

이런저런 상황을 종합하면, 정진건과 박순길은 조광에서 이철희를 CEO로 추진할 정도로 한가락 하는 어느 이사의 부하였고, '얼마 전' 구봉팔 아래로 들어간 것도 내부에서 그를 감시하고자 파견된 인재란 의미일 터.

그리고 오늘 구봉팔의 부하가 두 팀씩이나 시간 차를 두고서 부산에 내려왔다는 건, 구봉팔 아래에 이미 다른 파벌의 견제가 시작되고 있다는 뜻이리라.

서동호도 구봉팔을 직접 만나 본 바, 그가 한가락 하는 인물인 것은 알고 있었다.

하지만 그 자리에는 그에 못지않은 걸출한 인물이 있었으니, 바로 서동호가 마음속으로 인정한 김민수(강이찬)란 인물이었다.

'또, 한편으로 김민수는 구봉팔의 부하가 아니라고도 했지.'

그러니 정진건의 원래 소속은 그 '김민수'의 상사가 속한 조직일 터.

그리고 그 조직이 구봉팔보다 더 강한 힘을 갖추고 있으리

란 것쯤은 쉽사리 예상(오해)할 수 있었다.

어느 정보를 누군가 다른 사람에게 들으면 상황을 의심하겠지만, 그것이 '자신의 머리에서 종합해 나온 결론'이라고 착각한다면, 그 믿음은 확고해지기 마련이다.

그리고 서동호는 김철수가 파놓은 그 함정에 간단히 빠져들었다.

'흥, 저쪽도 사정이 꽤나 복잡하군그래.'

생각을 정리한 서동호가 속으로 코웃음을 쳤다.

'어쨌든 눈앞의 남자가 최소한 구봉팔보다 윗선의 명령을 받고 있다는 것쯤은 알겠구먼.'

다만 그렇게 생각하니 마음에 걸리는 일이 또 있었다.

분명 구봉팔은—구두이긴 하나—마약 사업 건에 관여하지 않겠다고 말했다.

하지만 그 윗선의 생각은 또 다른 모양이고, 방금은 정진건(김철수)의 입을 빌어 '판을 더 키워 보고자' 한다는 의사를 전하지 않았던가.

이 일에 부산의 다른 조폭들이 끼는 것도 달갑지 않은 판국에 조광이라는 대기업이 숟가락을 얹고자 한다니, 서동호 입장에서는 불쾌한 일이었다.

'……허나 적의를 보이는 건 아닌 듯하니, 조금 더 이야기를 들어 볼까.'

서동호가 입을 뗐다.

"그래서 그게 어쨌단 거요?"

서동호의 말은 퉁명스러웠지만 그 눈은 이채를 발하고 있었다.

"간단한 이야기입니다."

김철수가 대답했다.

"이번에 여러분이 사업을 벌이고 나면 저희도…… 소위 '꼽사리'를 좀 껴 보자는 거죠."

"꼽사리?"

"예. 만약 이번 거래가 무사히 성사된다면 여러분은 국내 유일, 그리고 제일가는 판매상이 되지 않겠습니까?"

김철수가 '마약'이라는 주어를 말하지 않는 것에서 서동호는 그로부터 어느 정도 방어적인 태도를 엿보았지만 파고들지 않았다.

"그럴 거요. 내가 알기로도 이번 거래는 광남파 놈들이 찔끔찔끔 싸 대던 것보다 훨씬 큰 거래가 될 모양이니까."

"저도 그렇게 생각합니다. 그런데, 이 생각도 해 보셨겠죠? '부산에서는 그 물량을 소화할 수 없을 것'이라고요."

서동호가 픽 웃었다.

"……잘 알지. 아주 잘."

그건 비단 서동호뿐만 아니라 이번 일에 연루된 모두가 알고 있는 일이었다.

서동호가 박철민의 대운유통에 부하를 보내 집적거렸던

것도 장래 마약 판매 '유통망'을 확보하기 위한 수단 중 하나였으니까.

비록 부산에 근거지를 두고 있긴 하나 어쨌건 대운유통은 조광의 자회사, 대운유통을 통해 서울로 물건이 올라갈 일도 있을 것이니 서동호는 이를 통해 전국 각지에 마약을 퍼트릴 계획이었다.

김철수가 고개를 끄덕였다.

"그래서 저희는 오명태 씨를 이번 J&S컴퍼니의 중진에 기용하기로 한 겁니다. 만일 J&S컴퍼니를 통해 온라인으로 전국 각지에 유통망을 설립하게 된다면 부산을 통해 들어온 물건은 전국 각지로 퍼지게 되겠죠."

여느 달콤한 제안이 다 그렇듯, 얼핏 듣기엔 그럴듯한 이야기였다.

다만.

서동호가 냉소적으로 말했다.

"하지만 그렇게 되면 우리는 죽 쒀서 개 주는 꼴이 되겠소."

유통이란 곧 길이다.

서동호의 우려는 조광이 유통 루트를 쥐고서 '통행세'를 뜯어내려 하는 건 아닌가 하는 점이었다.

그 통행세로 얼마를 요구할지는 모른다. 어쩌면 처음 얼마간은 무상으로 길을 내줄지도 모른다.

하지만 이번 사업은 판매 루트를 다각화할 수 없는 특수한 사업이었다.

조광이 길을 독점하고 있으면 언젠가는 그 문제로 갈등을 빚게 될지도 모른다.

김철수는 서동호의 우려를 잘 안다는 듯 그 말을 받았다.

"그럴 리가요. 아까 말씀드리지 않았습니까? 저희는 어디까지나 '꼽사리'를 낄 뿐이라고요."

"그러면 슬슬 꼽사리에 대한 설명이 필요한 시점이겠는데."

서동호가 눈을 부라리며 덧붙였다.

"게다가 '오명태'를 데려갔다는 걸로 봐서 언젠가는 우리를 통하지 않고서 거래를 하겠단 작정으로도 들리고."

"나 원."

김철수가 픽 웃으며 고개를 저었다.

"이야기가 샛길로 새는군요. 우려하시는 바야 이해합니다만, 그거야말로 하나만 알고 둘은 모르는 거나 다름없는 말씀입니다. 아니 이 경우엔 둘은 알지만 셋까진 모른다고 해둘……."

"본론만 말해."

"즉, 서동호 씨가 우려하시는 바는 일반적인 사업의 경우에나 그렇단 말씀입니다."

일반적인 사업? 이 일이 '특수한 사업'임을 잘 알고 있는 서동호 입장에서는 이 인간이 무슨 소릴 하는 건가 싶었다.

김철수는 서동호가 묻기도 전에 대답했다.

“조광이 어떤 회사입니까? 버젓이 상장을 한, 대한민국에서 손가락으로 꼽을 수 있는 전 국민이 아는 대기업이 아닙니까?”

“그래서 어쨌단 거지?”

김철수가 어깨를 으쓱였다.

“저희는 일을 크게 벌이지 못한단 뜻이죠. 즉, 저희는 어디까지나 이런 일에 ‘꼽사리’만 낄 수 있을 뿐이란 겁니다.”

하긴, 이름을 대면 알 법한 대기업이 마약 밀매에 연루되어 있었다고 하면 그만한 뉴스거리도 없을 것이다.

하지만…….

김철수가 씩 웃으며 물었다.

“서동호 씨, 조광의 연간 매출액이 얼마인지 아십니까?”

“……알 필요가 있나?”

“없죠. 하지만 이런 푼돈이 오가는 일에 리스크를 감수할 정도로 빈궁한 회사가 아니라는 것 정도는 알아주셨으면 합니다.”

이번 거래에 들어간 돈만 하더라도 부산 조폭들이 한동안 허리띠를 졸라 매야 할 판국인데, 그걸 푼돈이라고?

서동호가 인상을 구겼다.

“이야기가 ‘샛길’로 자꾸 새는데, 그건 오명태를 데려간 대답이 되질 않는 거 같소."

김철수가 얼굴에 웃음기를 거뒀다.

"서동호 씨, 그리고 양필두 회장님. 두 분은 오명태 씨를 신뢰하고 계십니까?"

"뭐?"

"사실 그렇지 않습니까? 출신부터가 광남파에 있던 인간이고, 상황이 틀어지는 것 같으니 손바닥을 뒤집어 버린 작자입니다. 이번 거래에 협조한 것도 어디까지나 여러분께 자신의 효용성을 증명해 자신이 살아남고자 한 것에 불과하죠."

"……."

말 그대로, 서동호는 오명태를 깊이 신뢰하고 있지는 않았다.

그래서 서동호는 오명태가 얼마 전 서울을 다녀왔다는 내용도 이미 알고 있었고, 언젠가 그 이유를 묻겠다는 다짐 중이었다.

'그게 조광 쪽이랑 손을 잡으러 갔던 건지는 나도 몰랐지만.'

김철수가 다시금 빙긋 웃었다.

"그래서 저희는 여러분을 대신해 그 오명태를 '감시'해 드리고자 하는 겁니다."

"감시? 하, 뭘 믿고?"

"믿는다……. 뭐, 좋습니다. 그렇게 되면 경찰에 신고하시죠."

경찰에 신고하라고?

박순길은 괜히 움찔할 뻔한 걸 간신히 참았고, 김철수가 말을 이었다.

"따지고 보면 여러분보다 저희가 더 잃을 게 많지 않습니까? 그런데 저희가 뭣하러 그런 리스크를 감수해가며 그런 짓을 해야 합니까? 그것도 소소한 용돈 벌이에 말입니다."

"……."

"오명태를 신뢰하지 못하는 건 저희도 마찬가지입니다. 해서, 저희는 오명태에게 그럴듯한 도금을 한 족쇄를 채우려는 거고요. 제 생각이지만 이건 여러분께 감사를 받아도 부족할 지경인 거 같은데요."

김철수의 오만한 말에 서동호가 눈살을 찌푸렸다.

"하면, 그 대단하신 조광이 왜 이런 일에 '꼽사리'를 낀다는 거지?"

김철수는 잠시 뜸을 들인 뒤 대답했다.

"저희는 아무래도 합법적인, 심지어 타의 모범을 보여야 할 그런 회사이다 보니, 장부에 남지 않는 돈을 만들기는 참 힘이 듭니다. 그런 의미에서 이번 '꼽사리'는 저희로 하여금…… 장부에 남지 않는 그런 돈이 될 수 있겠죠."

김철수가 어깨를 으쓱였다.

"여기저기 이래저래 기름칠을 하려면 눈 먼 돈이 꽤 필요하거든요. 그런 의미에서 저희가 이번 일에 '꼽사리'를 껴서 얻는 자잘한 수익은 꽤 괜찮은 용돈벌이가 될 것 같다는 게 저희 상부의 견해입니다. 뭐, 그건 어디까지나 저희 입장이 그렇다는 거고…… 중요한 건 이번 제안이 여러분께 해가 되기는커녕 이득이 될 거란 점입니다. 저희도 여러분이 거둬들일 이익에 손 하나 까딱하지 않을 생각이고요."

서동호는 김철수가 하는 그럴듯한 말을 다 믿고 있는 건 아니었지만, 그 말마따나 조광은 조광 나름대로 리스크를 지고서 하는 일이라는 것쯤은 이해하고 있었다.

'그렇다면 해 볼 만……한가?'

잊어선 안 될 것이, 이 자리는 원래 '중재'를 위한 자리였다.

양필두 앞에서는 허세를 부렸지만 서동호도 내심은 전쟁을 바라지 않았다.

그건 전쟁이 겁나서가 아니라, 괜히 눈에 띄는 짓을 해서 카르텔이 발을 빼지나 않을까 저어되어서였다.

그리고 지금은 그 중재를 조광이 대신 떠맡아 주고 있는 형국.

마동철의 실종부터 시작해 여러모로 수상쩍은 부분은 많았지만, 지금은 그 제안을 받아들이고 나서 뒷일을 고려해도 괜찮을 것 같았다.

그나저나 이익에 손대지 않고서, 판매 루트만을 제공하는 꼽사리라니.

"어떻게 하겠단 거지?"

방법을 묻는다는 건 관심이 있다는 의미였다.

반쯤 넘어온 듯한 서동호의 질문에 김철수가 빙긋 웃었다.

"그냥, 모처럼 닦아 둔 길에 차량 몇 대만 들여보내주시면 됩니다."

"구체적으로는?"

"이제부턴 신중을 기해야 하는 이야기다 보니 여기서 이런 말씀을 드리기는 꽤 조심스럽습니다만……."

김철수가 힐끗 의식적으로 이일호를 보았고, 서동호는 코웃음을 쳤다.

"상관없어. 어차피 저놈도 여기서 있었던 일은 무덤까지 가져가야 할 테니까."

방금 있었던 일을 생각하면 다층적인 의미를 내포한 말이었다.

그제야 김철수는 못 이기는 척 입을 뗐다.

"그렇다면야 저도 서동호 씨를 믿고 말씀드리겠습니다. ……얼마 전 작고하신 저희 조설훈 사장님을 알고 계시죠?"

"만나 본 적은 없지만, 소문만큼은."

이 바닥에 몸담고 있는 인간이라면 조설훈을 모를 수는 없을 것이다.

더군다나 얼마 전 사건으로 인해 이제는 일반인들도 그 이름을 알고 있으리라.

김철수가 목소리를 낮췄다.

"조설훈 씨의 아내…… 강미자 씨가 일본인이라는 건요?"

"그것까지는 모르고, 내가 알 필요도 없지 않나?"

"그 친가가 일본에서도 꽤 알아주는 야쿠자 집안이라면요?"

김철수의 말에 방 안 일동이 움찔했다.

"……무슨 뜻이지? 조광 창립자 일가가 야쿠자랑 사돈을 맺고 있단 말인가?"

"말씀하신 그대롭니다. 여기서만 하는 말이지만 실은 이번에 취임하신 저희 이철희 CEO님도 그쪽과 무관하지 않고요."

"……!"

조광이 야쿠자들과, 그리고 그 상층부에 관련 인물이 있다는 이야기를 듣고 났더니 그건 더 이상 '알 바 아닌 이야기'는 아니게 되었다.

'워메, 그라고 보이 김갑일 실장도 일본인이었지라……. 혹시 참말로 그짝이랑 뭔가 관련이 있는 거 아니여?'

그동안은 김철수가 면피용 거짓말만을 늘어놓고 있는 것이라 생각했던 박순길이었지만, 지금은 어쩌면 그가 말한 모든 내용이 자신으로 하여금 어떤 '단서'를 던져 주고 있는 것은 아닌가, 하고 생각하였다.

'뭐…… 것도 여서 살아 돌아간 뒤에나 해 볼 법한 일이지만.'

문득, 기분 탓인지도 모르지만 박순길은 입구에서 맡았던 장미향이 더 짙어진 느낌이 들었다.

'그래서인지는 모르겠지만 속이 좀 메스꺼운 거 같구마잉.'

그런 기분을 느낀 건 박순길 뿐만은 아니었는지, 서동호가 인상을 찌푸린 채 코를 한 번 킁, 하고 들이마셨다.

"그러면 이 일에 꼽사리를 끼겠다는 건 조광이 아니라 '야쿠자'를 말하는 거군?"

"꽤 정확합니다. 요즘 일본 쪽에도 폭력단 배제 조례 같은 게 생겨서 사정이 말이 아니거든요. 이 기회에 그쪽도 그쪽 나름대로 새로운 시장에 꼽사리 좀 껴 봤으면 하는 중……이라고 저도 어디선가 들은 느낌이 듭니다."

"……."

"아, 물론 그쪽 물건은 그쪽에서 조달할 예정이고, 그쪽도 여러분이 수입해 온 상품에는 일절 관여하지 않을 겁니다. 그냥, 쌓인 재고만 조금 급매했으면 한다, 이 정도여서요. 여러분 것과 상품이 겹치는 일도 없을 겁니다."

야쿠자가 숟가락을 얹는다.

감정적으론 불쾌한 일이었지만, 한편으로는 그걸로 조광을 본격적으로 끌어들일 수 있다면 이쪽에서도 남는 장사란 계산이 섰다.

김철수가 여기에 손을 더했다.

"또, 여러분은 지금 당장 급전이 필요한 상황이시죠? 몇 주 뒤에 물건이 들어온다고 하더라도 그걸 팔아치우는 데 걸리는 시간도 필요할 테고요."

"……."

긍정은 하지 않았지만 그렇다고 자존심상 부정하지도 않았다.

"그래서 저희가 서울에서…… 정확히는 일본에서 선물을 조금 가지고 왔습니다. 힘들게 구해 온 거지만 당장 마중물 정도는 될까 해서요."

김철수가 박순길의 어깨에 손을 얹었다.

"박순길 차장님, 트렁크에 물건이 있으니, 그걸 좀 가져와 주시겠습니까?"

이건, 앞서 여기 오기 전에 그가 말했던 신호일까.

마치 그렇다고 대답하는 듯, 꾸욱, 하고 김철수의 손가락이 박순길의 어깨를 조금 강하게 눌렀다.

4장

'이거, 지금이 나갈 때인가?'

박순길은 그 신호를 달가워하는 한편, 이대로 이 장소를 혼자 탈출해도 괜찮은지 의문이 들었다.

거기엔 오늘 처음 본 김철수에 대한 미약한 의리 때문만은 아니었다.

'내가 없을 때 뭔가 수작질을 부릴라는 거 아니여?'

김철수가 하는 말은 어디까지가 진실이고 어디까지가 거짓인지 분간할 수 없는 것들투성이었다.

김철수는 아무렇지도 않게 거짓말을 하는 인간이었고, 박순길 본인부터가 그 거짓말이 들통나지나 않을지 조마조마했던 것도 사실이다.

그럼에도 불구하고 몇 가지는 그럴듯하게 들리는 것들도 더러 있었다.

이를테면 오명태.

안기부는 오명태까지 포섭해 공작원으로 이용하고 있는 듯했다.

'그런 걸 보면 부산 경찰들이 오명태를 내버려 둔 것도 이해가 가.'

그리고 조광의 내부 사정.

김갑일이 일본인, 그것도 조설훈의 아내가 야쿠자와 관계가 있다는 내용을 들었을 땐 그 진위 여부가 사실일지 생각하면서도 어젯밤 여진환이 보고했던 내용이 머릿속에 떠올랐다.

'그런 인간들이라면야 신문사에 쳐들어가 도청기를 설치하고 나올 법하제.'

그건 김기환 대표가 그들 입에서 일본어를 들었다는 것과 무관하지 않을 터.

'근디, 그라믄 김갑일 금마는 곧장 부산으로 차를 몰아 내려왔단 말인가?'

생각해 보면 김갑일의 행동거지엔 묘한 위화감이 있었는데, 거기엔 밤을 꼬박 새운 피로가 한몫하지 않았을까.

'그랑께 호텔에 틀어박혀가 잠이나 잤겄제.'

그 외에도 몇 가지 이야기가 오갔다.

구봉팔이 부산으로 와서 서동호며 각종 부산 조폭을 만난 것은 사실인 듯했고, 또한 그는 '혼자' 오지 않았다.

그 동행인의 이름은 김민수. 가명인지 본명인지는 모르지만 왠지 가명일 듯했다.

'그리 따지믄 저 김철수란 이름도 너무 뻔해가 가명인 거 같구…….'

어쨌건 박순길은 저 김철수가 자신이 없을 때 '본격적인' 이야기를 시작하는 것은 아닌지 망설임이 생기는 한편, 여기서 나오는 '고급 정보'에 대한 욕심이 생겨 망설이고 있었다.

"박순길 차장님?"

꾸욱.

'아야!'

어깨에 멍이 들지나 않을지 모를 정도로 힘을 주어서 박순길은 퍼뜩 정신을 차렸다.

'새끼, 그리 안 보이는데 힘이 장사구마잉.'

거기에 강요하는 느낌마저 든 박순길은 하는 수 없이 자리에서 일어섰다.

지금은 김철수의 수작이며 수법이 궁금한 것보다, 이 자리를 얼른 벗어나 담배 한 대를 태우고 싶은 감정이 더 절실했다.

그 짧은 시간 동안 몇 번이나 생사의 고비를 오갔는지 모를 정도니까.

"아, 예. 얼른 다녀오겠습니다."

"예. 그렇게 해 주세요."

박순길은 자리에서 일어나 모인 사람들을 향해 꾸벅 고개를 숙이곤 방을 나갔다.

"……."

김철수는 떠나가는 박순길의 뒷모습을 물끄러미 바라보다가 고개를 돌렸다.

"그럼, 그동안 저희끼리 이야기를 계속해 볼까요?"

정진건이 차에 기대 선 채 힐끗 손목시계를 쳐다보았다.

'어떻게 되고 있는 거지?'

두 사람이 들어간 지 적잖은 시간이 흘렀다.

그사이 고급 세단 한 대가 식당 입구에서 멈춰 서서 사람 한 명을 내려보냈는데, 풍채를 보아하니 서동호란 조폭이지 않을까.

그는 부하들을 내버려 둔 채 홀로 당당히 식당 안으로 걸어 들어갔더랬다.

정진건은 부산 조폭 연합 소속 조폭들이 속속들이 모이지 않을까 생각했지만 그 외에 다른 사람들은 오지 않았다.

하긴, 따지고 보면 이번 일은 서동호의 봉식이파와 양필두의 파라솔파 간의 일이니 이런 일로 일일이 모여들 필요는 없을 것이다.

'그나저나 석동출 그 친구는…….'

부디 김철수의 예측이 틀려 양필두가 데려가 식당에서 기다리고 있길 바랄 뿐이었다.

'이거, 담배 한 대 생각이 간절하군.'

정진건이 끊었던 담배 생각을 하며 쓴웃음을 짓고 있으려니 마침 핸드폰이 울렸다.

"여보세요."

전화를 받으니 상대가 곧장 말했다.

–예, 정 형사님. 접니다, 김강철이.

"아, 자넨가."

–지금 그쪽으로 가는 중인데 혹시 통화 가능하십니까?

"괜찮아. 자네는 어딘가?"

–곧 도착 예정입니다. 정 형사님은요?

"근처 주차장에 있네. 어디냐 하면……."

정진건이 장소를 말하자 수화기 너머 김강철은 곧 만나자는 이야기를 한 뒤 전화를 끊었다.

잠시 후, 김강철이 누군가를 대동하고 정진건이 있는 곳으로 왔다.

"정진건 형사님."

"음."

동행인을 바라보는 정진건의 시선을 의식한 김강철이 동행인을 소개했다.

"여기는 저희 서장님이십니더."

서장.

그러고 보니 김철수는 김강철에게 이런 말을 했다.

「만에 하나 수틀리면 서장님께 말씀드려 놨으니 서장님의 지시를 따라 주십시오.」

역시 서장 선까지 접촉해 있었던 걸까.

서장이 정진건에게 손을 내밀었다.

"박민환 서장일세. 자네가 광수대 정진건 형사인가?"

정진건이 정중히 악수를 받았다.

"예, 처음 뵙겠습니다. 광역수사대 정진건 형사입니다."

"이야기는 많이 들었네. 지금 어떻게 되고 있나?"

"그게……."

정진건은 서장의 손을 놓으며 김철수와 박순길이 식당으로 들어갔다는 것과 서동호로 보이는 인물이 얼마 전 식당으로 들어갔다는 걸 말했다.

"흠."

서장은 물끄러미 식당을 보았다.

"잘 알겠네. 그러면 계속 수고해 주게나."

"예."

정진건이 서장의 안색을 살피며 물었다.

"저, 서장님. 혹시 김철수 요원에게 뭔가 들으신 건 없으십니까?"

"응? 아……. 있기는 한데."

서장이 턱을 긁적였다.

"그 사람도 전부 다 말하는 건 아니어서. 뭔가 '알 법한 신호'가 있을 거라고만 말했지."

"신호요?"

"나도 그렇게만 들읏다."

뭔가를 감추는 기색은 아니었다.

'……그렇다면 박순길이 복귀하는 걸 신호로 삼기라도 한 건가?

서장이 헛기침을 했다.

"흠, 흠, 아무튼. 그렇게 됐으니 이번 일은 모쪼록 자네들도 협조 좀 해 주게나."

"……물론입니다."

아마 서장은 정의 구현 같은 이상보다 고과를 신경 쓰고 있을 테지만, 정진건은 아무 말도 하지 않았다.

"대신이라기엔 뭣하지만 추후 보고서를 작성할 일이 생기면 협조 부탁드리겠습니다."

"으음, 뭐, 최대한 그렇게 하지."

뒤가 켕기는 게 있는 건지, 서장은 얼른 말을 이었다.

"그러면 김 형사는 여기 두고 갈 테니, 계속 대기해 주게나. 나는 부하들이 있어서 실례하겠네."

부하들도 데려온 건가.

"예, 수고하십시오."

서장을 배웅하고, 서장이 멀어지자 김강철이 후우, 한숨을 내쉬었다.

"죄송한데 담배 한 대만 피우겠습니다."

"그러게나."

김강철이 담배에 불을 붙였다.

"후우. 이거 참, 어떻게 돌아가는 건지."

김강철은 들으란 듯 투덜거리곤 정진건을 보았다.

"씁, 지도 마음 같아서는 이대로 저기 쳐들어가가 죄다 은팔찌를 채우고 싶은 기분입니더."

누가 뭐랬나.

정진건은 서장이 멀어진 걸 확인한 뒤 물었다.

"그나저나 서장님은 아까 뭔가 신호가 있을 거라고 했는데, 그게 뭔가?"

"글쎄요."

김강철이 들이마신 담배 한 모금을 내뿜었다.

"관련해서는 지도 정 형사님이 들으신 거 외에는 잘 모릅니더. 글킨 해도 사람들을 꽤 끌고 왔으니…… 아마 작정하면 식당을 포위하고 다 잡아 처넣을 순 있을 겁니데이."

"많이도 데려왔군."

"그렇지요."

김강철이 물었다.

"그나저나 달리 김철수 요원한테 뭔가 들은 거라든가 있습니까?"

"별로."

정진건이 담담히 그 말을 받았다.

"그 요원이 나랑 박순길 형사 뒷조사까지 죄다 마쳐 둔 상태였다는 것만 알았지."

"……그거참."

그 이야기는 별로 하고 싶지 않았던 정진건이 어조를 고쳐 물었다.

"그나저나 그 사람에게 듣기론 장차 범죄 환경을 통제할 환경을 만드는 게 계획이었다고 들었는데, 사실인가?"

"지도 그렇게 들었습니더."

"꿈같은 이야기군. 김 형사는 그게 가능할 거라고 보나?"

정진건은 그답지 않게 냉소를 담아 비아냥거리듯 말했지만.

"아마…… 되지 않았을까예."

의외로 김강철 형사는 자신의 말에 동의하기는커녕, 김철수의 터무니없는 계획을 긍정하는 듯한 대답을 내놓았다.

“응?”

“사실 지는 내심 그 사람을 대단한 양반이라고 생각해 왔지 뭡니까. 지금까지는 그 양반 말대로 계획이 착착 진행되어 왔으니까요.”

“…….”

“뭔가 용한 무당을 보는 기분이었습니다. 아니 남자니까 박수라 불러야 하나? 아무튼.”

김강철이 어깨를 아래로 축 늘어뜨렸다.

“지는 이번 일도 김철수 씨가 서울로 올라가지 않고 부산에 있었더라면 다른 방식으로 해결해 냈을 거라고 생각했습니더.”

“신뢰하고 있군.”

“다른 건 다 떠나서 그 실력만큼은요.”

정진건이 보기에 김철수란 사람은 그 지난 행적을 조사하고 듣지 않았더라면 과연 그럴 만한 사람일지 의심이 가는, 그야말로 ‘평범한 사람’의 표본 그 자체였기에 그로서는 김강철의 평가가 언뜻 이해가 가질 않았다.

‘……나는 잘 모르겠군.’

그때 김강철이 고개를 돌려 식당 방향을 보고 중얼거렸다.

“아, 저기.”

정진건이 그 시선을 따라 고개를 돌리니 어둠 속에서 익숙한 걸음걸이가 이쪽을 향해 다가오고 있었다.

"응? 김 형사님 오셨어라?"

정진건은 일단 박순길이 무사한 것에 안도했다.

하지만 그가 혼자라는 사실에 정진건은 인상을 찌푸렸다.

"혼자 왔나?"

많은 걸 함축한 말이었다.

박순길은 짧게 고개를 끄덕이곤 김강철이 손에 든 담배를 보곤 주머니를 뒤적여 담뱃갑을 꺼냈다.

"휴우. 정 형사님, 일단 저도 한 대 태워도 되겠습니까?"

"그러게."

김강철이 불을 붙여 주었다.

"고맙습니다."

"아니 뭘."

박순길은 담배를 깊이 빤 뒤 연기를 한숨에 담아 토해 냈다.

"흐미, 인자 좀 살겄네. 아따, 김철수 요원 그 양반이 기관지에 문제가 있능가, 담배를 못 피우게 해갖고 말이어라."

담배를 든 박순길의 손가락 끝이 희미하게 떨리고 있었다.

묻고 싶은 건 많았지만, 지금은 박순길이 마음을 가다듬는 것이 먼저일 거 같다.

"천천히 피라. 일단 여긴 내뿐만 아이라 서장님까지 해가 형사들 쫙 끌고 왔으니까."

"아, 서장님까지 오셨어라?"

"그래. 그나저나 아까 뭐랬노?"

"뭐가 말입니까?"

"김철수 요원이 뭐라 안 했나?"

박순길이 쓴웃음을 지었다.

"아, 김철수 요원이 담배를 못 피우게 했단 말이어라?"

"응, 그래. 그거."

"말도 마십쇼잉. 그래가 거기서 양필두랑 서동호까지도 담배를 못 피웠응께. 아따, 까짓거 좀 참으면 으때서. 암튼 그 양반 언제 죽을지도 모를 상황인데도 지 몸 하나는 허벌나게 챙기뿌네."

김철수가 그랬다고?

'흠, 내 기억에 김철수 요원은 꽤나 애연가인 편인데.'

담배를 함께 피운 적도 있고.

'그사이 담배를 끊기라도 했나?'

김강철이 의아해하는 사이, 박순길은 발꿈치에 코를 묻고 킁킁 자신의 냄새를 맡았다.

"흠, 좀 빠짓나?"

"뭐가?"

정진건의 물음에 박순길이 머리를 긁적였다.

"아, 별거 아니고……. 저짝 식당에 무신 장미향수를 그리 뿌리 댔능가, 나중에는 속까지 메슥거렸당께요. 나중에 일이 풀리도 저기서 밥 묵을 일은 없을 거 같어라."

장미……향수?

그 안에서 무슨 일이 있었는지 물어볼 때이지만, 정진건은 왠지 모르게 박순길의 그 발언에 속에서 턱하고 걸리는 느낌을 받았다.

정진건의 표정이 딱딱하게 굳자 박순길이 눈을 껌뻑였다.

"왜 그러십니까?"

"아니……. 그 말을 듣고 보니 뭔가, 마음에 걸리는 게 있어서."

"예?"

"음, 언젠가 양 박사에게 들은 거 같은데……."

"아, 그 양반요?"

정진건이 생각에 잠긴 사이, 김강철이 박순길에게 물었다.

"양 박사? 그게 누고? 양고기 전문가가?"

박순길이 픽 웃었다.

"기냥 양 씨여라. 양상춘 박사라고, 국과수에 몸담고 있던 분인디……."

박순길이 김강철에게 양상춘이 누군지 설명하는 사이 정진건은 이쯤 해서 생각을 관두고 박순길에게 본론을 듣고자 했다.

'별거 아닌 상황에 나온 별거 아닌 잡학이었는데. 뭐, 굳이 생각할 필요는 없나…….'

정진건이 쓴웃음을 지으며 입을 떼려는데 문득, 정진건의 시야에 김강철과 박순길의 손에 들린 담배가 눈에 들어왔다.

"……아!"

무언가를 떠올린 정진건이 홱 고개를 돌려 식당을 바라보았다.

「그건 부취제 때문이야.」

"왜 그러신다요?"

박순길이 묻는 그 순간.

쾅!

엄청난 폭음이 들리며 식당이 폭발했다.

여름이었다.

아마, 삼복 중 하루였으리라.

그날 정진건은 국과수를 방문해 서류를 전달한 뒤, 잠깐 짬을 내어 양상춘을 만났다.

"장어를 먹으러 가세."

마침 외출 채비를 하고 있던 양상춘은 정진건을 보자마자 그렇게 말했다.

"장어?"

"그러지 말고. 내가 쏠 테니까."

뜬금없이 웬 장어인가, 생각했지만 모처럼 정진건이 한턱을 내려는 이유가 혹여 무슨 부탁을 할 일이 있나, 하고 정진건은 경계했다.

그런 정진건의 생각을 읽기라도 했는지, 양상춘은 픽 웃었다.

"별 다른 이유는 없네. 그냥 내가 먹고 싶어서 그래."

"……하지만 좀 뜬금없어서."

"복날이잖아."

복날인 거랑 그게 무슨 상관이냐고 물으려는 찰나 양상춘이 말을 이었다.

"일본에서는 복날에 장어를 먹거든."

"그래?"

"정확히는 우시노히라고 해서 복날이랑은 개념이 다르지만, 여름에 보양식을 먹고 힘을 내자는 의미 자체는 비슷하니 나는 편의상 그렇게 퉁치기로 한 걸세."

이번에도 시작된 양상춘의 장황한 잡식이 흘러나왔지만 하루이틀일도 아니었기에 정진건은 별로 당황하지 않았다.

"일본에서도 그런 날을 챙겨 가며 뭘 먹는다는 건 처음 듣는군."

"원래는 없었어. '우시노히'에는 '우나기', 즉 장어를 먹으면 재수가 좋을 거란 말장난을 인용한 장어가게의 마케팅 결과가 지금까지 이어진 게지. 생각해 보면 소의 날인 우시노히에 장어를 먹는 게 말장난을 빼면 무슨 상관인가 하는 억지감은 있지만, 당시 일본은 소나 돼지 등의 육류를 금기했으니 이래저래 구실을 끼워 맞춘 거려나."

양상춘이 국과수에서는 늘 입고 다니는 가운을 벗어 옷걸이에 걸쳤다.

"어쨌건 자네가 가지 않으면 나 혼자라도 갈 텐데, 가겠나? 숯불로 장어를 굽는다는 집을 수소문해 뒀거든."

딱히 예정이 없었던 정진건은 그러기로 하고 양상춘의 차에 얻어 타고서 교외로 향했다.

"그나저나 자네는 은근히 일본통이군."

예전부터 양상춘은 일본이 어떻고 저렇단 이야기를 자주 해 왔기에, 정진건은 별생각 없이 그런 말을 했다.

그 말에 양상춘은 담담히 대꾸했다.

"그야, 일본에서 대학을 나왔으니까."

"응? 그랬나?"

"내가 말을 안 했나 보군. 뭐, 굳이 말할 필요가 없으니 하지 않은 거겠지만."

정진건은 당시에도 양상춘과 이미 이래저래 친분이 있는 사이기는 했으나, 그렇다고 사귐이 오래된 것도 아니었고 피차 시시콜콜한 개인사를 입에 담는 일도 잘 없었다.

정진건도 그와 관련해 묻기보단 그냥 고개를 주억일 뿐이었다.

"그래서 장어였군."

"그래서 장어지."

아마, 그런 적절한 거리감과 담백함이 양상춘의 마음에 들었던 걸지도 모르겠다고, 정진건은 생각했다.

교외에 있는 식당이어서 그랬는지, 아니면 다른 손님들은 삼계탕이나 개고기를 먹으로 갔는지 장어구이집 식당은 한산한 편이었다.

"나쁘지 않군. 듣던 대로 숯불로 잘 구웠어."

식사를 마친 양상춘의 평이었다.

양상춘의 말대로 장어구이는 꽤 맛있었다.

하지만 정진건은 이 맛을 보려고 교외에, 그것도 이 가격을 지불해 가며 장어를 먹고 싶은 생각은 들지 않아서, 맛에 대한 감상평 대신 다른 걸 물었다.

"그런데 굳이 숯불로 구울 필요가 있나?"

별 의미는 없는 질문이었지만, 양상춘은 기다렸다는 듯 답했다.

"암, 중요하지. 숯불에 구우면 훈연효과로 숯 향이 배거든. 게다가 장어 양념이 숯불에 떨어져 타오르며 향을 입히기까지 하니 그 향은 더 배가되기 마련이네. 하지만 보통 서울에 있는 장어집은 대개 철판에 구워서 내기 일쑤여서 그런 숯 향을 기대하기는 어려워. 뭐, 향뿐만 아니라 숯불의 복사열로 표면을 빠르게 익힐 수 있다는 것도 한몫하겠지. 아무튼 소고기를 숯불에 굽는 걸 고집하는 부류가 있는 거랑 마찬가지인 걸세."

정진건이 고개를 끄덕였다.

"하긴, 그렇다고 가스불에 바로 구우면 고기에서 가스 냄새가 날 테니까."

양상춘은 잠시 생각하다가 고개를 저었다.

"음, 이건 좀 정확히 짚고 넘어가고 싶군."

"응? 뭘?"

"가스 자체는 무색, 무취, 무미해. 자네나 내가 아는 가스의 불쾌한 냄새는 가스 본래의 냄새가 아니야."

"그럼?"

"그건 부취제 때문이지."

"부취제?"

"그래. 가스에는 냄새나 색깔이 없기 때문에 누출 시 이를 쉽게 알 수 있게끔 의도적으로 불쾌한 냄새가 나는 물질을 섞어서 공급하고 있지. LPG가스에는 에틸 메르캅탄을, LNG가스에는 테트라하이드로티오펜을 넣는 식일세."

테트……뭐?

그런 걸 혀가 꼬이지 않고 잘도 말하는구나 싶었다.

정진건은 이야기가 더 깊어져 머리가 아파지기 전에 얼른 끼어들었다.

“그러면 일부러 가스에 불쾌한 냄새를 섞는단 말인가?”

“바로 그거지. 뭐, 그걸 어중간하게 아는 사람 중에는 동양인은 불쾌한 냄새에 민감해서 악취를 섞고, 서양인은 향취에 민감해서 장미 향 같은 향기가 나는 걸 섞는다고 믿는 사람도 있는데, 그건 말도 안 되는 도시 전설이야. 동서고금을 막론하고 악취는 위험 신호로 통용되어 왔으니까.”

정진건이 턱을 긁적였다.

“그렇다면 가스에 ‘장어양념’ 냄새를 섞으면 자네가 교외를 찾아다닐 수고는 덜 수도 있겠군.”

정진건의 시답잖은 농담에 양상춘이 웃었다.

“하하하, 그랬다가는 목숨을 내놓고 장어를 먹어야 하겠지만 말이야.”

끈적끈적한 장어 양념 청소도 힘들 테고.

양상춘은 그렇게 덧붙인 뒤 자리에서 일어섰다.

“그럼 식사도 마쳤고, 이만 돌아가지.”

그 길로 경찰서에 복귀했더니 강하윤은 오늘 복날 특식으로 구내식당에 백숙이 나왔다며 자랑을—“선배님은 외근 중이라 못 드신 거, 아쉽습니다”—했지만 정진건은 아무 말도 하지 않았다.

그 뒤로 정진건이 그 장어요릿집을 다시 찾은 적은 없었고, 양상춘도 그런 제안을 다시는—어쩌면 내년 복날에 또 다시 제안을 해 올지도 모르지만—하지 않았다.

……그 별거 아닌 일화가 이제 와서 정진건의 뇌리에 문득 떠올랐던 건, 정말로 별거 아닌, 그런 나날 중 하루의 일이었기 때문일 것이다.

삐이이-.

귓가에 울리는 이명이 가라앉고, 여기저기 폭발에 휘말린 차에서 시끄러운 도난 경보음이 울려 댔다.

"크윽."

정진건은 인상을 찌푸리며 차를 짚고 몸을 일으켰다.

"시방, 이게 뭐시여……."

폭발음에 반사적으로 몸을 날렸던 박순길도 불이 붙은 식당을 뒤늦게 돌아보았다.

"어? 어? 정 형사님!"

그리고 박순길은 말릴 새도 없이 식당을 향해 달려가는 정진건을 뒤따라 달렸다.

'젠장, 설마하니 이런…….'

식당 앞에 도착하니 양필두가 데려온 조폭 몇 몇이 간신히 몸을 움직이며 식당 밖을 탈출하고 있었다.

그러는 동안에도 불길이 거세지고 있었다.

그들을 지나쳐 달린 정진건은 더 이상 존재 이유를 잃은 유리로 되어 있던 자동문을 넘어 식당 안으로 들어섰다.

안쪽에는 조폭들이 신음을 흘리며 바닥을 나뒹굴고 있었지만, 정진건은 아랑곳하지 않으며 2층 계단을 찾았다.

'저쪽……!'

그리고 계단을 향하던 정진건을 박순길이 붙들었다.

"정 형사님!"

그 바람에 정진건은 멈춰 섰고, 그 순간 훅, 하고 그 코앞에 불길이 치솟아 올랐다.

"위험합니다!"

"하지만, 위에……."

"이짝 전문가도 아니잖소!"

박순길의 외침에 정진건은 뒤늦게 정신을 차렸다.

"우선은…… 점마들부터 옮깁시다."

"……."

정진건은 주먹을 꾹 쥐었다가 스르르 힘을 풀었다.

"……그래, 그러지."

정진건과 박순길이 각각 한 사람씩 사람을 구조해 나오는 사이, 서장이 데려온 형사들이 들어와 바닥에 쓰러진 조폭들을 데리러 들어갔다.

불길이 미치지 않는 곳까지 조폭을 실어 나른 정진건의 눈에 저 멀리, 망연자실한 얼굴로 불길을 보며 어디론가 전화를 걸고 있는 서장이 보였다.

"정 형사님!"

들쳐 맨 조폭을 내려놓은 정진건은 무언가에 홀린 듯 서장을 향해 걸었다.

"……예, 그렇습니다. 예……."

서장은 통화를 하며 힐끗, 자신을 향해 걸어오는 정진건을 보았다.

그리고 덥썩, 정진건이 서장의 멱살을 쥐었다.

"당신, 다 알고 있었지?"

그 광경에 박순길은 식겁하며 달려와 둘 사이에 끼어들었다.

"아이고, 정 형사님! 왜 이러십니까!"

정진건에게 멱살을 붙잡힌 서장은 그 상태로 통화를 이어갔다.

"……예. 그러니 빨리 와 주시오."

박순길의 만류에 정진건은 서장의 멱살을 놓았고, 서장은 보란 듯 핸드폰을 접어 전화를 끊은 뒤 입을 뗐다.

"방금 119 불렀다."

"……119?"

"와, 그라믄 정 형사는 내가 누구랑 통화를 한 거라고 생각했노?"

서장은 재킷을 탁 털어 멱살을 잡혀 구겨진 주름을 펴낸 뒤 앞장서 걸었다.

"퍼뜩 온나. 아직 구할 사람 많다."

"……."

"안 오고 뭐 하노? 니도 경찰 아이가?"

후우.

정진건은 심호흡을 한 차례 한 뒤, 아직도 자신을 붙들고 있는 박순길에게 말했다.

"됐어. 서장님 말씀대로 사람부터 구해야지."

정진건의 말에 박순길이 뜨악하며 그를 보았다.

"……저 사람, 이짝 서장님이셨습니까?"

"그래."

"아따, 정 형사님……."

"됐어. 사람부터 구하지."

"……예."

그제야 정진건을 놓아 준 박순길은 그를 따라 얼른 불길이 치솟아 오른 식당을 향해 달려갔다.

드르륵.

운락정의 별실 미닫이문이 열리며 이휘철이 모습을 드러냈다.

"오, 왔나?"

별실에는 곽철용이 먼저 도착해 상을 펴 놓고 기다리고 있었다.

이휘철이 맞은편에 앉자 종업원이 미닫이문을 닫았다.

"자네가 웬일인가? 나를 여기 다 부르고."

"웬일은…… 간만에 돈 많은 친구 덕 좀 볼까 해서."

이휘철은 떨떠름해하는 얼굴로 곽철용이 따라 주는 술을 받았다.

"흥, 운락정을 별로 좋아하지도 않는 양반이?"

"하하하, 뭐 어떤가. 가끔은 좋지 않나?"

"……흠."

이휘철은 잔을 부딪친 뒤, 잔을 꺾었다.

흠, 하고 뒷맛을 음미한 이휘철이 빙긋 웃었다.

"여기 청주도 오랜만이군. 오랜만이지만 여전해."

"약주 자체가 오랜만인 건 아니고?"

곽철용의 말에 이휘철이 씩 웃었다.

"천하의 안기부가 뒷방 늙은이 건강까지 신경 써 주는 줄은 몰랐는걸."

"남의 집 밥숟가락 세는 게 우리 일이니 말이야."

곽철용이 술을 따라 주며 말을 이었다.

"박 마담 말이 올해 술이 꽤 잘 빚어졌다더군. 자네 표정을 보니 정말로 잘 빚어진 모양이야."

"그래. 몇 손에 꼽을 만큼."

이휘철은 곽철용이 채워 준 잔을 들지 않고 그에게 물었다.

"하지만 자네가 그 술 맛 좀 보려고 나를 부른 건 아닐 테지?"

곽철용이 히죽 웃었다.

"꽤나 날이 서 있는 거 같은데, 내 착각인가?"

"말해 두지만 나는 일에서 손 뗀 지 오래야. 직접 뭔가를 한 적은 그 이후로 없네."

"알고 있어. 정말 손 놓고 있더군."

곽철용이 빙긋 웃으며 말을 이었다.

"혹시나 조광 쪽에도 뭔가를 하지 않을까 해서 지켜보고 있었는데도 말이야."

"……흥."

이휘철은 코웃음을 치며 청주를 한 모금 홀짝인 뒤 다시 잔을 내려놓았다.

"왜, 내가 조광에 손대선 안 될 일이라도 있나 보지?"

"……그렇기도 하고, 아니기도 하고."

이휘철이 자세를 고쳐 앉았다.

"그건 무슨 소린가?"

곽철용은 대답 대신 술잔을 비운 뒤, 씁, 하고 입가를 닦았다.

"나도 마침 여기서 한 걸음 더 내딛을지, 아니면 이대로 발을 내뺄지 생각 중이라네."

"……."

이휘철은 잠시 아무 말 없이 곽철용을 물끄러미 쳐다보았다.

"그 말은."

이휘철이 입을 뗐다.

"지금 하고 있는 일이 무엇이건 간에 물러서거나 나아가는 양자택일밖에 할 수 없다는 의미인가?"

곽철용은 대답대신 빙그레 웃었고, 이휘철은 그 미소가 언짢게 느껴졌다.

"……그리고 그 행보가 나와 무관하지 않단 의미로 들리는군."

"과연 자네야. 내가 하고 싶은 말 정도는 훤히 꿰뚫어 보고 있군."

이휘철이 눈을 가늘게 떴다.

"그걸 안다면 내가 빙 둘러 말하는 걸 별로 좋아하지 않는다는 것도 알고 있을 텐데?"

"잘 알지. 하지만 그런 만큼 자네 앞에서 빙 둘러 말할 수밖에 없는 내 사정도 좀 헤아려 주게나."

"……."

이휘철은 더 이상 따져 묻지 않았다.

세간에서는 고집이 세기로 이휘철 본인을 손가락에 꼽고

있지만, 이휘철이 아는 가장 쇠고집이야말로 눈앞의 곽철용이란 남자였다.

하물며 그 곽철용이 입을 열지 않기로 했다면 그는 응당 무덤까지 그 비밀을 안고 갈 것이기에, 그가 마음을 열지 않는 한 그 어떤 협박도 통하지 않는다.

"잠시 세상 돌아가는 이야기나 해 보세."

곽철용은 다소 뜬금없는 말을 뱉었다.

"요즘 자네 손자는 어떻게 지내나?"

이휘철은 잠시 심술을 부려 또 다른 손자인 이하진에 대해 말할까 하다가 관뒀다.

"성진이 그 녀석이야 여전하지. 요새는 바쁜 건지 아닌지도 잘 모르겠더군."

"그런가? 하긴, 이제는 조광 쪽 일도 일단락이 되었으니 말이지."

당연하다고 할지, 곽철용은 이성진이 조세화의 배후에서 조광에 간섭하고 있던 걸 알고 있었다.

"자네는, 자네 손자에 대해 어떻게 생각하나?"

"꽤나 꼬치꼬치 묻는구먼. 손주를 본 남들과 다르지 않네."

이휘철이 말을 이었다.

"자네도 알겠지만 손주란 건 모름지기 아들보다는 멀고, 남보다는 가깝지. 어차피 내게 남은 삶 동안에는 나는 그 녀석이 앞으로 무엇을 성취하게 될지는 모를 테니까."

자신에게 엄격한 이휘철다운 대답이었다.

"그래도 꽤 성공적인 자식 농사였지 않나? 내 주변에도 자네 손자만 한 인물은 없거든."

"흥, 칭찬이 과하군."

이휘철이 코웃음을 쳤다.

"물론 '또래에 비하면' 영특한 건 사실이야. 하지만 그건 조숙한 거지, '천재적인 것'과는 거리가 멀어. 오히려 경영자로서 자질은 그 아비인 이태석이 훨씬 뛰어나."

"그래? 나도 자네 아들은 좀 아는 편이지만 자네 손자 나이에 그 정도 성취를 거두는 건 전무후무한 일이라고 생각하는데."

이휘철이 픽 웃었다.

"그래서 말하지 않았나, 그건 '조숙한 거'라고."

"……음?"

"성진이 그 녀석이 영특한 녀석인 건 사실이지. 아마 그 녀석 세대 중에서도 그 정도 영특한 녀석은 잘 없을 거야. 허나 그 조숙함이 더 이상 경쟁력이 되지 않을 나이가 오면 곧 한계에 부닥칠 거라고 보네."

이휘철이 흠, 하고 가벼운 한숨을 내쉬었다.

"다만 녀석도 그런 걸 잘 알고 있는 모양이더군. 그러니 일치감치 자신에게 이득이 될 사람을 가까이하고 해가 될 사람은 멀리하고 있어. 최근 조광의 여식과 어울려 다녔던 것도 그 아이가 장래 자신에게 이득이 될 인물이라 판단했기 때문일 테고."

"자네 손자인데도 평가가 냉정하군."

"나는 어디까지나 내가 본 그대로를 말할 뿐이야. 뭐…… 그래도 그 정도면 나중에 태석이 녀석의 자리를 물려받아도 부족함은 없을 테니, 그 점은 안심이지."

이휘철이 픽 웃었다.

"겸사겸사하는 말이지만 나는 오히려 그 자질만큼은 녀석의 재종인 진영이가 더 뛰어나다고 보네. 태환이 녀석이 야망이 득시글해 일을 그르칠 인간만 아니라면 나도 이진영 그 아이를 눈여겨보았겠지만, 이제는 내 손을 벗어난 이야기야. 언급할 가치도 없지."

"……."

"어때, 이만하면 내 입장은 전달되었나?"

넘치고도 남았다.

이휘철은 그 대단한 손자를 두고도 평가가 가혹했지만, 그럼에도 불구하고 자신과 삼광 그룹의 미래를 이성진에게 맡기려 하고 있었다.

동시에 그건 만일 안기부가 이성진을 표적으로 삼아 경계하고자 한다면 이성진은 그럴 필요가 없는 '무해한 존재'임을 전달하는 말이기도 해서, 방금 그 말이 이성진을 향한 이휘철 나름의 배려가 묻어나는 발언임을 사귐이 오래된 곽철용은 눈치챘다.

곽철용이 본 바로도 이성진은 고슴도치 같은 부류였다.

자체로는 무해하며 먼저 달려들 일은 좀처럼 없지만, 자신의 영역 안으로 발을 들이면 가시를 들이댈 것이라는 점이 그랬다.

그러니 방금 전 이휘철이 숨겨 둔 의도대로 안기부가 적절한 거리감만 유지한다면, 그리고 이성진을 위해하고자 하지만 않는다면 이성진은 꽤 괜찮은 파트너가 될 수 있을 것이다.

곽철용은 이휘철을 물끄러미 보다가 입을 뗐다.

"그나저나 자네는 정말로 내려놓은 모양이군."

"앞서 그렇다고 말하지 않았나?"

이휘철이 픽 웃었다.

"사람들이 아는 삼광그룹 회장 이휘철은 이미 죽었네. 지금은 이미 죽어 없어져야 했을 인간이 살아 있는 것에 불과하지."

이휘철의 말에 잠시 생각에 잠겼던 곽철용이 물었다.

"그건 한성진이라고 하는 자네 집 식구가 목숨을 구해 주었던 일을 말하는 건가?"

"남의 집 숟가락 개수를 헤아리고 다니는 직업답게 잘 아는군. 맞아."

"……."

"병원에서 깬 뒤로 줄곧 그런 생각이 들더군. 원래라면 나는 거기서 죽었어야 하지 않을까, 하고 말이야."

"죽을 고비를 넘긴 건 그게 처음도 아니면서?"

"그래."

이휘철이 담담히 말했다.

"덤은 어디까지나 덤일 뿐이야. 덤으로 얻은 걸 가지고서 욕심을 부려 뭔가를 하려다 보면 본전까지도 잃기 마련이지."

"그걸 덤이라고 생각하나? 두 번째 기회라고 보지는 않고?"

"덤이야."

이휘철은 담담하지만 단호한 어조로 말했다.

"그때 마침 이성진 그 녀석이 AED 기계를 집에 두지 않았더라면 한 군 그 녀석이라 하더라도 어떻게 손써 볼 수도 없었겠지. 그러니 '원래라면' 나는 거기서 죽었을 것이야."

"……."

"뭐, 어차피 그때 내가 죽었대도 회사는 태석이 녀석이 잘 끌어 나갔겠지만. 하긴, 내 숨통이 붙어 있는 지금보다는 조금 더 고생은 했을지도 모르겠군."

이휘철이 말을 이었다.

"그건 지금도 마찬가지야. 내가 지금 당장 무슨 일이 생겨 숨을 거둔다 하더라도 바뀔 건 없네. 뭐, 고작해야 쓸데없는 잔정이 많은 태석이 그 녀석이 상실감으로 한동안 회사 일에 집중을 못 하는 게 전부일걸세."

그렇게 말한 이휘철은 껄껄 웃으며 잔을 들었다가 가만히, 잔속의 술을 바라보았다.

"마지막 욕심이라면 그렇게 해서 바뀐 세상을 조금 더 지켜보고 싶다는 것뿐이지. 한편으로는 그게 덤으로 얻은 목숨을 가장 잘 활용할 수 있는 방법일 테고."

"자네는……."

곽철용은 잠시 뜸을 들인 뒤 말을 이었다.

"……자네는 아무런 후회도 없는가?"

"없어."

이휘철이 딱 잘라 말했다.

"정말로?"

곽철용은 조금 집요하게 파고들었다.

"아무리 자네라 하더라도 돌이켜 보면 실수 몇 가지는 있었을 건데. 자네도 신은 아니잖은가?"

"하하하."

이휘철이 소리 내서 웃었다.

"이 친구, 다 늙어서 미련이 많이 남은 모양이군."

"……."

이휘철은 웃음을 멈추고 곽철용을 지그시 바라보며 입을 뗐다.

"만약 오늘이라도 악마가 나타나 내게 이번 생을 다시

살 기회를 준다고 말한다면, 나는 놈에게 썩 꺼지라고 말할걸세."

그 말에 한 차례 움찔한 곽철용이 이휘철에게 물었다.

"하지만 그럴 수만 있다면 자네가 젊고 미숙하던 시절 저지른 실수며 실패를 바로 잡을 수도 있을 텐데?"

이휘철이 씩 웃었다.

"말해 두지만 나는 살면서 단 한 번도 실패한 적이 없네."

"……."

"세간에서 내 실책이라 여기는 것조차 내게는 하나의 과정이었을 뿐이지. 만약 실패가 있다면, 그것도 포함해서 나야. 결과적으로 나는 남들이 부러워 할 자리에서 남들이 부러워 할 삶을 살았거든. 그거면 충분하지. 과거로 돌아가고 싶다고 말하는 치들은 노력해 본 적 없는 인간일 뿐, 나는 매사 항상 최선을 다했고, 그게 지긋지긋해서라도 다시는 그때로 돌아가고 싶지 않아."

이휘철의 말은 오만했지만, 그런 말을 할 자격이 있는 자가 말하는 오만함이었다.

곽철용 역시, 어느 정도는 이휘철의 말에 동의하는 자신을 발견했다.

"……다만."

이휘철이 쓴웃음을 지었다.

"그래도…… 무언가가 허락해 그때로 돌아갈 수 있다면 말일세, 형님을 한번 뵙고 싶기는 하군."

"……자네 형님 말인가?"

"음. 그냥, 형님을 한번 보고 싶어."

이휘철은 잠시 생각하다가 중얼거리듯 말을 이었다.

"그걸로 뭔가를 하겠단 것도 아니야. 그냥, 그런 기분이 드는군. 그냥……."

「나는 실패하고 말았다.」

이휘철은 줄곧 마음에 품고 있던, 이휘찬과 마지막 대화를 떠올렸다.

그때 자신은 어린 마음에, 형님을 향해 치기 어린 말을 뱉었더랬다.

'내가 뭐라고 했더라.'

……아, 그렇지.

「……지나간 일을 후회할 뿐이라면, 응당 실패한 인생이라고 평해도 지나침이 없겠지요. (저는)망국의 한만을 읊조리는 형님과는 다를 겁니다. 그러니 형님께선 거기 앉아 눈에 보이지 않는 백로나 좇으십시오.」

자신은 그런 말을 형님에게 쏘아붙이곤 그대로 유학 중이던 일본으로 돌아갔다.

자신은, 그 뒤로도 변하지 않았다.

형님이 그대로 폐병을 앓다가 죽고 말았다는 전보를 받았을 때도 아무런 감정이 일지 않았다.

해가 동쪽에서 뜨고 서쪽으로 저물듯 그냥, 당연히 일어날 일이 벌어졌을 뿐이라고 생각했다.

보이지 않는 먼 산의 백로를 좇던 형님, 이휘찬은 그때 이미 죽은 것이나 다름없었으니까.

다 늙은 지금 와서 생각해도 이상이나 좇던 형님이 어리석다는 생각은 변하지 않았고, 자신은 그렇게 살지 않으리라 줄곧 생각했다.

그럼에도 불구하고, 아니 그렇기 때문에 오히려…….

흠, 하고 이휘철은 잠시 뜸을 들인 뒤 말을 이었다.

"……형님께 형님은 실패하지 않았습니다, 하고 말해 주고 싶네. 그냥, 그런 기분뿐이야."

"……."

……그렇기에 이휘찬의 행동을 '바로 잡는다'거나 '말릴' 생각은 없었다.

그건 그 자체로 이휘찬의 생이고, 그가 거쳐 간 과정이었다.

자신의 그 참견으로 이휘찬의 행적이 바뀌기라고 한다면 그건 더 이상 이휘찬이 아니며, 그 모습과 형태를 띤 껍데기

일 뿐.

그래서 이휘철로서는 그에게 그냥 한마디, 당신은 실패하지 않았다는 말만을 전하고 싶을 뿐이었다.

이휘철이 고개를 저었다.

"나답지 않은 흰소리를 했군. 늙어서 궁상만 늘었어."

그 직후 이휘철은 어조를 고쳐 씩 웃었다.

"어쨌거나 그게 내 인생이네. 모처럼 내 입에서 세상 돌아가는 일에 대해 들었으니, 자네도 이만하면 뒷걸음질을 칠지, 앞으로 나아갈 때인지 결심이 섰나?"

곽철용이 고개를 끄덕였다.

"어느 정도는."

"잘됐군."

"하지만 애석하게도 나는 자네처럼 강하지 않아서……."

곽철용은 손목시계를 힐끗 들여다본 뒤 말을 이었다.

"최후엔 결과를 듣고 판단할 생각이네."

"뭔가 기다리는 연락이 있나 보군."

"그래."

그 말을 뱉은 직후 기다렸다는 듯, 곽철용의 품에서 핸드폰이 울렸다.

곽철용은 핸드폰을 꺼내 천천히 전화를 받았다.

"말해."

표정 변화 없이 한동안 전화를 받은 곽철용은 짧게 말했다.

"그래. 알았다."

곽철용이 전화를 끊고 핸드폰을 손에 쥔 채로 이휘철을 보았다.

"결과가 나왔네."

"잘됐군."

"무슨 일인지 묻지는 않고?"

"물으면 말해 줄 건가?"

"지금은 그런 기분일세."

"그러면 듣지 않겠네."

픽하고 웃은 곽철용은 그 자리에서 전화기를 뚝, 분질러 꺾은 뒤 테이블에 내려놓았다.

"덕분에 결심이 섰군."

곽철용은 여기서 멈추기로 결심했고, 이휘철은 그제야 곽철용과 잔을 부딪치고 다시금 술을 마셔 주었다.

"어떤 곡으로 할까? 이왕이면 같은 곡이 좋겠지?"

내 질문에 크리스는 어깨를 으쓱였다.

"나는 아무거나 상관없으니까, 너 꼴리……."

말끝을 흐린 크리스는 자신을 물끄러미 쳐다보는 한성아

와 한성진의 시선을 의식하고 흠, 흠, 헛기침을 한 뒤 표현을 정정했다.

"내키는 걸로 해."

그래도 듣는 애들 정서를 생각하는 걸 보면 아주 경우가 없는 녀석은 아닌 거 같단 말이지.

나는 잠시 뭘 연주해 볼까 생각하며 연습실 책장 악보 모음집을 뒤적이다가 마침 눈에 띈 곡이 보였다.

'인연이라면 인연이 닿은 곡이군.'

파가니니의 카프리스.

콩쿠르 때 연주했던 곡이다.

"파가니니 카프리스, 괜찮아?"

"처음부터 세게 나오네. 뭐, 상관없어."

"좋아. 그럼……."

나는 악보를 꺼내 보면대에 펼친 뒤, 내 바이올린을 어깨와 목 사이에 끼운 채 가볍게 선을 만졌다.

오랜만에 만지는 바이올린은 선이 축 늘어져 제대로 된 소리가 나오질 않아 조율을 마친 뒤에야 연주를 시작할 수 있었지만, 내 손에 들어온 바이올린은 이게 오랜만이란 느낌도 들지 않을 만큼 손에 착 달라붙었다.

'어디, 그럼……'

나는 의식을 내려놓고 흐름에 몸을 맡겼다.

몇 번 바이올린을 연주해 보며 느낀 거지만, 내 경우엔 생각을 비우는 것이 중요했다.

나는 바이올린을 연주할 때마다 내가 아닌 다른 누군가가 내 몸을 빌려 연주한다는 느낌이 들곤 했는데, 여기에 내 자아가 섞이면 연주는 금세 헝클어지고 말아서 내 '연습'은 주로 의식을 내려놓는 방법에 치중해 있었다.

'일종의 멍 때리기라고 해야 할까.'

그렇긴 해도 내가 제어할 수 없는 요소이다 보니 단점도 존재했는데, 몸이 기억하는 것을 내 육체가 따라오질 못한다는 점이 그러했다.

재작년 콩쿠르에서 연주할 파가니니의 카프리스를 연습할 당시, 내가 줄곧 써 오던 일반 성인용 바이올린이 아닌 한성아의 아동용 바이올린을 빌려 쓴 것도 그런 이유였다.

당시 내 손가락은 파가니니가 의도한 기교를 표현하기에 짧고 미성숙해서, 의식이 원하는 대로 연주하려면 당시 내 몸에 맞는 바이올린이 필요했던 것이다.

'그래도 지금은 그때보다 몸이 성장해 준 덕에 그럭저럭 몸이 따라가 주는 느낌이…… 아.'

잠시 잡생각을 떠올린 바람에 삐끗한 느낌이 들었다.

'집중, 아니 멍을 때려야지.'

마지막으로 바이올린을 쥐었을 때가 금일 그룹 행사장에서 한 것이었다 보니 조금 방심하고 말았다.

방금 실수를 크리스가 알아챘는지 궁금해 힐끗 살폈지만,

크리스는 내 손동작을 지켜보기만 할 뿐 아무런 말도 하지 않았다.

'나중에 말해 주려나.'

연주가 끝나고, 한성진 남매가 짝짝짝 박수를 보냈다.

"여전히 잘하는걸."

"이성진 오빠, 따봉!"

뭐, 이런 칭찬을 들어도 여기엔 내 노력과 의지가 깃든 것이 아니다 보니 별로 기쁘지는 않지만.

'오히려 남의 작품을 도용한 것이 내 성과인양 칭찬 받은 기분이 들어서 때때론 쥐구멍에 숨고 싶어지는 기분마저 들 정도지.'

나는 고개를 돌려 크리스를 보았다.

"어땠어?"

내 질문에 크리스는 감상평을 내놓는 대신 잠시 생각을 더 이어간 뒤 입을 뗐다.

"우선은 직접 보고 판단해."

이번에는 크리스가 자신의 바이올린을 들었다.

크리스의 바이올린은 손때 묻은 오래된 물건이었지만 관리를 잘했는지 클래식한 느낌마저 주었다.

'크리스의 연주는 비디오로 보긴 했지만, 눈앞에서 보면 어떤 느낌일까?'

곧 크리스가 연주를 시작했다.

'……오.'

과연 그 백하윤이 몸소 미국까지 넘어가 데려온 천재라고 해야 할까.

크리스의 연주는 군더더기가 없었고, 기교는 정돈되어 있었다.

그건 내가 바이올린을 연주하며 의식 저 너머 희미하게 느낀 내 선율보다 더 빼어난 것이었다.

'백하윤이 반할 만해.'

비디오로 봤을 때도 잘한다는 생각은 했지만, 조악한 비디오로 열화 된 음질이 아닌 눈앞에서 들려오는 생음악의 박력을 느껴 보니 뭇 클래식 마니아들이 발품을 팔아 가며 연주회를 가는 이유를 알 것 같았다.

'이 정도면 당장 프로로 나가도 될 거 같은데.'

크리스의 연주가 끝나고, 나는 한성진 남매를 따라 크리스에게 박수를 보냈다.

크리스는 어깨를 한 번 으쓱이곤 내게 물었다.

"어때?"

"대단해!"

한성아가 먼저 말했다.

"저번에도 봤지만 크리스 바이올린 진짜 잘한다."

"……어, 응."

크리스는 차마 '너한테 안 물었다'고는 말하지 못하고 어정

찡하게 답했다.

"그래, 되게 잘하더라."

한성진이 고개를 주억거렸다.

"그래도 뭐, 성진이에 비하면 아직 조금 부족하지 않나, 싶긴 해."

한성진의 말에 한성아가 고개를 갸웃했다.

"응? 오빠는 그렇게 느꼈어?"

한성진이 고개를 갸웃했다.

"너는 아니야?"

"나도 바이올린 하는 입장이잖아. 뭐…… 솔직히 말하면 오빠 말대로 우결을 가릴 수 없긴 했어."

"우결이 아니라 우열."

"응, 그거. 우열."

잠자코 두 남매의 이야기를 지켜보던 크리스가 내게 물었다.

"너는?"

"크리스, 너, 가 아니라 '오빠'라고 해야지."

한성아의 잔소리에 크리스는 벌레 씹은 얼굴이 됐다.

"미국에서는 안 그래."

"어허, 크리스. 로마에서는 로마법을 따르랬다고 했어. 그러니까 한국에서는 한국 방식대로 해야지."

"……."

내 (전생의)피붙이가 벌써부터 유교 꼰대가 되어 있는 걸 두고 볼 수 없었던 나는 한성아에게 다정히 말했다.

"성아야, 오빠는 이제 크리스랑 반성회를 할 건데, 나가서 놀지 않을래?"

"엥? 싫어. 이성진 오빠랑 있을래."

설마 벌써 사춘기가 왔나? 한성아의 사춘기 시절은 떠올리고 싶지 않은 기억 중 하나인데.

결국 한성진이 눈치껏 나섰다.

"성아야, 나랑 방에 가서 공주 키우기 게임 할까?"

"나 그거 엔딩 봤는데."

"아직 공주 되는 엔딩은 못 봤잖아."

"나는 내 딸이 장군으로 잘 커서 만족해."

"……와, 대단하다. 내 딸은 병사였는데. 어떻게 했어?"

"에휴, 알았어. 정말, 오빠는 내가 없으면 안 된다니까."

한성아는 못 이기는 척, 한성진을 따라 연습실을 나섰다.

'고맙다. 한성진한테는 내일 학교 매점에서 뭐라도 사 줘야겠군.'

한성진 남매가 연습실을 나가자마자 크리스는 한숨을 내쉰 뒤 나를 보았다.

"그래서, 어땠냐?"

"잘하던걸. 나보다 더."

크리스는 그런 걸 물어본 게 아닌데, 하는 얼굴로 나를 보며 물었다.

"너는 그렇게 느꼈냐?"

"어떤 의미로는 당사자니까. 실수도 없었고, 기술적으로도 나보다 더 완성되었단 느낌이던데."

"……흠."

크리스가 턱을 긁적였다.

"아무래도 너보단 한성진이랑 한성아의 귀가 더 예리한 거 같군."

"걔들이?"

크리스가 고개를 끄덕였다.

"그래. 방금 한성아가 '엇비슷하다'고 느낀 이유나 한성진이 '이성진이 더 잘한다'고 느낀 이유는 아마 그 원류가 비슷할 거거든."

원류가 비슷하다니…….

'그야 따지고 보면 나나 크리스나 백하윤에게 사사받은 동문이긴 한데.'

크리스가 고개를 저었다.

"무슨 말인지 모르는 것 같군. 네가 놓친 거 같으니 단도직입적으로 말하지."

크리스는 예고한 대로 직설적이고 단도직입적인 어조로 말했다.

"네 실력과 내 실력 사이엔 별로 우열이 없다."

"……없다고?"

"아, 물론 방금은 내가 일부러 제 실력을 발휘하지 않은 것도 있지만."

그게 본래 실력이 아니라니?

'그러면 제 실력을 발휘하면 더 대단하다는 건가?'

나는 순간적으로 그게 허세인지 사실인지 분간할 수 없었지만, 크리스가 이 와중 내게 허세를 부릴 이유가 없으니 그러려니 하고 생각하기로 했다.

크리스가 말을 이었다.

"그 외에 어느 정도 기술적 면은 내가 더 낫겠지. 아마도 네가 네 연주보다 내 연주가 더 낫다고 느낀 건 그런 디테일한 면에서 기인한 걸 거야."

"그러면 내 연주가 더 낫다고 생각한 한성진의 의견은?"

"그것도 어떤 면에서는 타당해. 원래 저 나이 때 남자애들은 무절제하게 펑펑 터뜨려 대는 걸 더 좋아하니까. 그런 의미에서 네 연주는 기술적으로 크게 흠 잡을 것 없는 부분을 유지하면서 감정의 격류에 몸을 맡겼단 느낌이거든."

오히려 잡생각을 내려놓고 연주를 했으니 그런 건 느껴지지 않아야 하지 않나.

내가 그런 걸 생각하는 사이 크리스가 덧붙였다.

"게다가 너는 지금의 나와 달리 그 실력의 원형을 유지하고 있으니까."

"……무슨 말인지 잘 모르겠군. 원형?"

"그래. 원형. 음, 아까 말한 원류란 말의 의미까지 더해 설명하지. 일단, 너는 나랑 그 실력의 근간이 같아 보인다."

"근간이라."

"맞춰 보지. 이성진 너는 연주할 때 생각을 하지 않으려고 하면서 연주하고 있지 않나?"

내 속을 꿰뚫어 본 듯한 크리스의 말에 나는 움찔했다.

크리스는 그런 내 모습을 보며 픽 웃었다.

"놀랄 거 없어. 나도 처음에는 그랬으니까."

"……너도?"

"그래."

크리스는 잠시 뜸을 들였다가 말을 이었다.

"……네 연주를 지켜보며 느낀 거지만, 네 연주는 호흡, 활을 조절하는 습관 등이 예전의 나랑 똑같았거든."

의식해 본 적 없는 지적이었다.

"똑같았단 건 네 전생?"

"아니야. 말했잖아? 이번 생에는 팔자에도 없던 바이올리니스트가 되게 생겼다고. 전생의 나도 취미 삼아 바이올린을 하기는 했지만 그건 어디까지나 아마추어 수준이었어."

크리스가 어깨를 으쓱였다.

"물론, 그때도 어중간한 프로보단 내 실력이 더 낫다고 생각하긴 했지만."

"……"

쓸데없는 사족이군.

나는 크리스의 자화자찬을 무시하며 물었다.

"……그러면 백하윤 대표도 그 차이를 알아보았을까?"

곰곰이 생각하던 크리스가 고개를 저었다.

"아마 아닐걸. 백 선생을 만났을 당시에는 이미 그 습관을 고치는 중이었으니까. 뭐, 나라고 그걸 의도해서 한 건 아니지만."

"고쳐? 왜?"

"그땐 이걸로 평생 먹고살 생각이었거든. 언제까지고 이걸 제어하지 못해서야, 임기응변을 발휘하지도 못할 게 뻔하잖아? 이 능력이 어디서 기인한 건지는 둘째 치고 어떻게든 내 걸로 만들어야 했으니 꽤 노력을 했지. 지금 너랑 나 사이의 차이라면 이제 나는 그걸 의식적으로 조절해서 내 식으로 바꾸는 중이라는 것 정도일 거다."

하기야, 그때그때 눈속임으로 시늉만 했던 나와 달리 크리스는 나보다 더 오랜 시간, 더 진지하게 바이올린을 대했을 것이다.

"어쨌건 지금 네 연주를 보고 느꼈어. 너는 예전, 이번 생 들어 내가 처음 바이올린을 할 때랑 흡사해. 아니 거의 동일하다고 봐도 좋을 정도야."

"……즉, 너랑 나 사이에는 모종의 그런 접점이 있었다는 거냐?"

"그래. 이유도 모르겠고, 왜 그런지 짐작가는 바도 없긴 하지만……."

크리스가 쓴웃음을 지었다.

"아마 이 몸뚱이 주인의 미래가 그랬을지도 모르지. 뭐, 어떻게 알겠어?"

"……."

그렇게 들으니 '우열을 가리기 힘들다'고 말한 한성아의 말도 납득이 갔다.

같은 스타일로 같은 곡을 연달아 연주했으니, 우리 둘의 연주가 엇비슷하게 들린 것이리라.

'거기에 더해 팔이 약간 안으로 굽은 한성아의 주관이 그 판정에 한몫했을 테고.'

크리스가 어조를 고쳐 내게 물었다.

"그래서 말인데, 너 이 몸뚱이의 원래 주인에 대해 뭔가 아는 거라거나 짐작 가는 바는 없냐?"

"몰라. 바이올리니스트 같은 부류는 별 인연도 없고……. 애당초 크리스티나 밀러라는 이름도 이번 생에 들어서야 들어 본 이름인걸."

외국, 그것도 서양인과 통성명을 할 경우도 잘 없는데 말이다.

"흠. 뭐, 이름은 아마 성장 도중에 사정이 생겨 바꿨을지도 모르겠군. ……도중에 어디론가 입양을 갔다거나 했나? 아니면 활동 중에는 예명을 썼다거나…….”

혼잣말을 중얼거리던 크리스가 멈칫하더니 나를 물끄러미 보았다.

“아…….”

“……왜? 뭔가 생각났냐?”

“…….”

크리스가 고개를 홰홰 저었다.

“아니, 아무것도 아니야.”

“그렇게 말하니 뭔가 수상한데.”

“……잠시 착각했어. 신경 꺼.”

착각이라…….

크리스가 내게 물었다.

“그나저나 만약, 그러니까 곽성훈이 전생자라고 가정할 경우지만 네 바이올린 솜씨마저 곽성훈에게는 변수였을까?”

나는 크리스가 왠지 말을 돌리는 듯한 느낌을 받았지만, 그녀를 추궁할 구실이 없었던 나는 일단 크리스의 말을 받았다.

“안형욱에게 네가 변수이듯 이 실력이 네 몸의 원래 주인에게서 비롯한 거라면 그렇지 않을까?”

그러면서 은근슬쩍 크리스가 아는 바는 없는지 떠보았지만, 내 의도를 알고 있는 건지 아닌지 크리스는 쉽사리 넘어오지 않았다.

“그렇다면 지금부터는 ‘곽성훈이 전생자인가 아닌가’ 하는 점을 짚고 넘어갈 때로군. 우선은 곽성훈이 전생자 A일 거라는 걸 전제로 이야기를 풀어 보지.”

크리스가 말을 이었다.

“우선, 최서연이 곽성훈과 한패라고 생각하면 곽성훈과 최서연 사이에는 어떤 협약이 있었고, 곽성훈은 최서연을 어떻게 꼬드겼을까?”

나는 그 모습을 쳐다보며 대답했다.

“다른 사람은 모르겠지만 곽성훈이라면 쉬울지도 몰라.”

“무슨 소리냐?”

“실험을 해 봤거든. 가만 보면 곽성훈은 다른 사람의 호감을 쉽게 사잖아?”

내 말에 크리스는 떨떠름해하는 얼굴로 고개를 끄덕였다.

“뭐…… 그런 편이긴 하지. 다들 그놈의 어디가 그렇게 좋은지는 모르겠지만.”

다행인지 아닌지는 모르겠으나 크리스는 곽성훈의 ‘능력’에 영향을 받지 않거나 전생에 다른 방식으로 그에 관한 정보를 먼저 접한 모양이었다.

“응, 그래서 나는 혹시, 곽성훈에게는 일종의 초능력이 있지 않을까 생각했어.”

사실은 전예은의 ‘인물평’이 그 계기였지만, 전예은의 능력

은 내 비장의 수단이니 크리스에게도 비밀로 했다.

"초능력?"

예상대로 크리스가 어처구니없다는 듯 나를 보았다.

"뭔 말 같지도 않은……."

"그렇게 따지면 너랑 내가 전생을 기억하는 것부터가 말도 안 되는 소리잖아?"

그러는 나도 전예은의 초능력을 목도한 뒤에나 '초능력의 존재'를 자각하기 시작한 거지만.

"……나 참."

무어라 반박하려던 크리스는 내 지적에 차마 반박은 못 하고 헛웃음만 터뜨렸다.

"그래서 곽성훈한테 대체 무슨 초능력이 있던?"

"정확히는 모르지만 사람들은 곽성훈에게서 '선입견'의 영향을 강하게 받는 모양이더군."

내 말을 헛소리 취급하며 어디 들어나 보잔 태도로 일관하던 크리스도 내 말이 좀 더 구체적인 형태를 띠기 시작하자 표정을 고쳤다.

"선입견?"

"응."

나는 크리스에게 양상춘—물론 그 이름은 말하지 않고—을 끌어들여 했던 실험을 이야기했다.

나는 의도적으로 양상춘에게 세간의 평가와는 딴판인 곽

성훈의 선입견을 들려주었고, 조인영을 통해 들은 바 양상춘은 곽성훈과 거리를 두었다.

"뭐, 그렇다고 딱히 진지하고 치밀하게 한 실험은 아니었어. 당시엔 언젠가 곽성훈이 내 발목을 붙잡게 될 경우를 대비해 그 아킬레스건을 찾는단 느낌으로 진행했던 거니까. 그래도 아무튼 그 결과는 꽤 눈여겨볼 만하지 않아?"

"흠."

크리스가 고개를 끄덕였다.

"그럴지도 모르겠군. 어쨌거나 곽성훈 그 자식이 얼굴 하난 반반하니 사람들의 '첫 인상'에 좋은 기억으로 남기 쉽지."

나는 크리스를 물끄러미 쳐다보았다.

"왜?"

"뭔가 더 꼬치꼬치 캐물을 줄 알았는데 의외로 쉽게 납득해 주는걸."

"내키지는 않지만 일부러 보수적으로 생각한 거야. 그걸 전제하면 우리한테는 곽성훈도 그만큼 더 위협적일 테고. 또……."

크리스가 말끝을 흐리기에 물었다.

"왜? 계속해 봐."

"아니, 지금은 됐어. 그보단."

크리스가 어조를 고쳐 내게 물었다.

"……곽성훈에게 그런 초능력이 있다면 혹시 전생의 첫인상도 내세에 영향을 끼치고 있는 걸까?"

"무슨 소리냐?"

"즉, 곽성훈이 안형욱을 자기편으로 끌어들이지 못한 이유가, 안형욱의 곽성훈에 대한 좋지 못한 선입견 때문이라면 그 영향은 계속해서 지속 중인 건 아닐까 해서. 곽성훈도 그걸 알기에 안형욱과 손을 잡지 않는 거라면 어떨까 하고 생각했거든."

"흠……."

"뭐, 보통이라면 접점도 없을 두 사람의 첫인상이 최악일 정도면 이미 전생에 뭔가 돌이킬 수 없는 사고를 쳤을지도 모르겠군. 됐어, 못 들은 걸로 해."

나는 그 말에 생각난 게 있어, 크리스에게 물었다.

"그렇게 말하는 걸 보니 왠지 크리스 너도 전생에 곽성훈을 만나기 전부터 별로 좋지 않은 선입견을 갖고 있었던 거 같은데?"

"뭐어……."

크리스가 어깨를 으쓱였다.

"그럴지도 모르지. 나는 처음부터 곽성훈이 아니꼬웠거든. 어쨌건 태생부터가 가족의 뒤통수를 친 곽한구의 손주였다 보니, 나도 만나기 전부터 그놈을 못 믿을 놈이라 생각했을지 몰라."

"……그런가."

"그러는 너는?"

"나? 나야 뭐……. 전생에 직접 만나 본 적은 없다 보니 그에 대해선 들려오는 소문만 듣고 판단했을 뿐이야. 내 경우는 호감은 아니지만, 최소한 복룡으로서 눈여겨볼 존재 정도로는 생각했어."

그러니 그 싹을 미리 자를지 아니면 내 편으로 끌어들일지 망설이다가 기회가 왔을 때 냉큼 영입한 것이지만.

'……흠, 어쩌면 나도 모르게 그 영향을 받고 있었을까?'

크리스는 문득 어떤 생각을 떠올렸는지 내게 말했다.

"잠깐 거기 있어 봐."

"왜?"

"됐으니까……."

그때, 콩콩 문을 두드리는 소리가 들려 우리는 나쁜 짓을 하다 들킨 꼬마들처럼 움찔했다.

"성진아, 있니?"

달각, 연습실 문을 연 건 사모였다.

"한 군한테 들었지만 정말 연습실에 있었네?"

"아……. 네."

씁, 중요한 이야기 중이었는데.

하지만 크리스는 오히려 잘됐다는 듯 빙긋 웃으며 사모를 반겼다.

"네, 이성진 오빠한테 바이올린을 들려주고 있었어요."

사모 앞에서는 연기를 잘하네.

"어머, 그랬구나."

사모가 방긋방긋 웃으며 말했다.

"어때, 크리스. 우리 성진이도 바이올린 잘하지?"

"네, 잘하던걸요."

사모를 쫓아낼 구실이 없으니 그냥 적당히 끝냈다고 말하곤 장소를 옮길까, 생각하는데 크리스가 먼저 말했다.

"마침 한 곡 더 연주할 생각이었는데, 사모님도 어떠세요?"

"좋지. 나, 크리스가 켜는 바이올린을 좋아하거든."

사모는 적당히 의자를 끌어와 앉았다.

"크리스의 연주는 듣는 마음을 울리게 해 주는 힘이 있다고 생각해."

"감사합니다, 사모님."

크리스가 방긋 웃으며 나를 보았다.

"그러면 연주할게요."

크리스는 그렇게 말하고는 바이올린을 켜기 시작했다.

이번에는 앞서 연주했던 것과 다른 곡을 연주했는데, 크리스의 연주는 내게 그에 못지않은 울림을 주었다.

'짐 노페디인가? 이런 식으로 연주할 수도 있군.'

앞서 카프리스와는 달리 기교를 배제한 느릿느릿한 선율이 흘러나왔지만 이건 이것대로 꽤 괜찮다.

'오히려 더 좋은 듯도 하고……. 응?'

문득 사모는 어떤가 싶어 사모를 보았더니, 그녀는 조심스럽게 눈가를 훔치고 있었다.

'울어? 그렇다고 울 정도인가, 이게?'

사모의 감수성은 남들보다 풍부한 편이긴 하지만, 프로였던 만큼 바이올린에 대해서는 꽤 냉정하다고 생각했는데…….

'흠, 프로만이 아는 뭔가가 있는 모양이지.'

이윽고 크리스의 연주가 끝나자, 사모는 손수건으로 참았던 코를 팽 하고 풀었다.

"정말, 정말 아름다웠어. 크리스."

드물게도 사모가 극찬을 했다.

"짐 노페디를 그런 식으로 연주할 수도 있구나?"

"과찬이에요, 사모님."

"겸손은. 정말, 새삼 느끼지만 선생님이 칭찬할 만해."

사모와 대화를 주고받으면서도 크리스는 내 반응을 살피듯 내 쪽을 힐끔거렸는데, 나는 크리스의 의도를 알 수 없어 가만히 있었다.

이래저래 한참 뒤에야 간신히 사모를 연습실에서 내보낸 뒤, 크리스가 내게 물었다.

"어땠어?"

"응? 아, 잘하던걸."

"그거 말고, 다른 감정은 들지 않아?"

나는 크리스가 무슨 말을 하는지 몰라 고개를 갸웃했다.

"뭔가 있어?"

"흠……."

크리스는 눈을 가늘게 뜨고 나를 바라보더니 고개를 저었다.

"뭐, 됐어. 이게 안 통하는 사람도 있었으니까."

"무슨 소리냐?"

"초능력이라고 하니까 생각난 게 있어서. 이걸 초능력이라고 생각한 적은 없었는데 생각해 보니까 나도 그 비슷한 걸 쓸 수 있는 모양이거든."

"……뭐?"

크리스가 초능력을 써?

"물론 숟가락을 구부린다거나 카드 뒤편을 보는 그런 건 아니야. 바이올린을 켜면서 '이런 감정을 느끼게 해 주겠다'고 생각하면서 연주하면 그게 영향을 끼치더군."

"……."

나는 대체 무슨 말을 하는 거냐고 따져 묻고 싶었지만, 방금 사모의 반응을 본 뒤여서 그런지 크리스의 말이 그럴듯하게 들렸다.

'아까 말한 본래 실력이란 건 이걸 말하는 거였나 보군.'

크리스가 머리를 벅벅 긁었다.

"흠, 그런가."

"뭐가?"

"이게 초능력인 거였구나 싶어서. 나는 그냥 내 연주에 사람들이 감동한 건 줄 알았더니……."

크리스는 복잡한 표정으로 혼잣말을 중얼거리곤 어깨를 으쓱였다.

"뭐, 그렇긴 하지만 너처럼 통하지 않는 부류도 간혹 가다 있어서 나도 눈치를 못 챘지 뭐야. 흠, 한국에서는 대체로 다 통했는데……. 어쨌건 너 같은 반응은 나름 오랜만에 보는군."

그 말에 나는 크리스의 초능력이 듣지 않는 이유가 전예은의 초능력이 내게 면역인 것과 같은 이유가 아닐까, 생각했다.

'아마도 살인……의 경험.'

그럼에도 나는 차마 크리스가 말한 '통하지 않는 부류'가 어떤 부류의 사람들이었는지 물어보지 못했다.

'크리스도 그 현상까지는 눈치채지 못한 것 같고, 괜히 긁어 부스럼 만들 필요는 없겠지.'

크리스가 쓴웃음을 지으며 바이올린을 케이스에 집어넣었다.

"하긴, 생각해 보면 백하윤 선생도 미국에서부터 이런 건 하지 말라고 했으니, 사람마다 능력이 먹히는 정도에는 개인차가 있는 걸지도 모르겠어."

글쎄, 어떨까.

나는 백하윤이 크리스에게 나쁜 습관이 들지 않게끔 일부러 감정을 억누르지 않았을까 생각했지만, 일부러 생각한 바를 입에 내지는 않았다.

'그런 쪽으로 오해 중이라면 오해하는 게 나한테도 좋고.'

크리스가 바이올린 케이스를 연습실 구석으로 치운 뒤, 몸을 일으키며 나를 보았다.

"그래서 말인데 너는 뭐 없냐?"

"나?"

"아니 뭔가 전생을 하고 나면 초능력이 생겨난다거나 하는 게 있을까, 생각이 들어서. 최소한 나는 그렇잖아?"

"……딱히 짐작 가는 건 없지만, 만약 있다고 한다면 나도 너랑 같은 초능력을 갖고 있지 않을까?"

"잘 모르겠는데. 최소한 아까 전에는 그런 게 안 보였고……. 또, 실은 이것도 요령이 필요한 거라서."

크리스가 어깨를 으쓱였다.

"그러니 내가 이걸 내 실력 때문이라고 착각한 것도 어떻게 보면 좀 당연하지?"

"뭐, 어때. 초능력이건 뭐건 네 노력의 성과잖아. 그렇다면야 자부심을 가져도 될 텐데."

내 말에 크리스는 인상을 찌푸렸다.

"됐어. 나는 그런 생각을 1초라도 했단 게 쪽팔리는 일이니까. 뭐, 어차피 바이올린 따위, 진지하게 생각한 것도 아니고.”

“…….”

혹시 어울리지 않게 부끄러워하는 건가?

크리스가 내게 말했다.

“흐음……. 왠지 네 초능력은 초능력이 듣지 않는 초능력이 아닐까 하는 생각이 드는군.”

“…….”

그건 아닐 거 같은데.

보다 확실한 증명은 ‘감정을 담은’ 크리스의 연주를 강이찬이나 김철수 같은 사람에게 들려주면 더 확실해지겠지만, 그랬다간 자칫 크리스도 내가 한 전생의 살인을 눈치챌지 모른다.

“흘려들어. 나도 그냥 해 본 말이니까.”

그래서 나는 크리스의 말대로 잠자코 있기로 했다.

5장

우리는 크리스의 방으로 장소를 옮겨 이야기를 이어 가기로 했다.

손님용 방을 개조한 크리스 방은 사모의 취향에 한성아의 고집이 한 스푼 더해져, 모던함과 여자아이가 좋아할 법한 느낌이 현대예술을 방불케 하는 묘한 공간이 되어 있었다.

'사모도 참, 잘도 이런 걸 허락했네.'

방문을 연 크리스는 한숨을 내쉬고 책상 앞 의자에 엉덩이를 붙였다.

"적당히 앉아."

나는 만화 캐릭터가 프린팅 된 분홍색 이불을 보며 크리스에게 무어라 위로의 한마디를 던질까 하다가 관두곤 침대에 걸터앉았다.

"아까 이야기를 이어서 해 보지."

내가 앉자마자 크리스는 방의 인테리어를 되도록 신경 쓰지 않으려 애쓰는 기색으로 말을 이었다.

"이제부터 우리는 현 상황을 고려해 몇 가지 행동 지침을 세울 필요가 있어. 우선 첫째, 내가 안형욱을 만나야 하는가 하는 점이야."

"그 첫째 안건에도 몇 가지 옵션을 고려해야겠지."

"음. 우선은 안형욱에게 나 또한 전생자임을 밝히는 안이 있겠고, 그게 아니면 모른 척 잡아뗀다는 방안도 있어."

나는 크리스가 제시한 '모른 척 잡아뗀다'는 옵션에 의문을 제기했다.

"하지만 안형욱은 이미 너를 변수로 인정하고 있을 텐데, 잡아 뗄 수 있을까?"

"아무리 전생과 같은 형태의 삶을 답습한다고 한들, 완전히 똑같을 수는 없겠지. 곽성훈의 반응을 생각하면 이번 생의 네 바이올린 실력도 이미 그 자체로 변수야. 네게 바이올린 실력이 없었더라면 백하윤이랑 이런 식의 관계까지는 되지 않았을 거 아니냐?"

나는 그 말에 고개를 끄덕였다.

"음, 그뿐만 아니라 윤아름을 우리 소속사에 들인 것도 다른 방식이 되었겠지."

"윤아름이랑?"

"콩쿠르 회장에서 만났거든."

크리스가 고개를 주억거렸다.

"그렇다면 그것도 이미 작용한 변수로서 고려해 볼 법해. 그래도 '전생에 윤아름을 영입하지 않았다'고 하는 경우는 없었을 것 같군. 앞서 말했듯……."

"방준호 감독, 윤아름 주연의 〈우리들 이야기〉말이지?"

"그래. 이해가 빠르군. 우선, 우리가 알지 못하는 전생에도 〈우리들 이야기〉라는 영화는 존재했을 거야. 다만 지금이랑은 그 형식이 달라졌을 수도 있겠지만, 그건 우리가 확인할 도리가 없으니 그냥 넘어가자고."

내가 물었다.

"아예 안형욱을 만나지 않는다는 선택지는 어때?"

내 제안에 크리스가 어깨를 으쓱였다.

"계속 피해 다닐 수는 없는 노릇이잖아. 게다가 한창 그 관련 논의가 나오는 마당인걸. 언젠가는 안형욱을 만나 입장을 확고히 잡고 갈 필요는 있어."

"그것도 그렇군."

"아무튼 '만나지 않는다'는 선택은 배제하고 생각해야지. 아니면, 네가 쥐도 새도 모르게 안형욱을 없애는 방법도 있는데?"

나는 잠시 생각하다가 대답했다.

"그건 최후의 수단으로 남겨 두지."

내 말에 크리스가 히죽 웃었다.

"하지 않는단 말은 안 하는군."

"필요하다면 해야 할 일이니까. 또, 어디까지나 최후의 수단이야. 안형욱을 제거하는 데 따르는 리스크도 생각해야지."

크리스는 잠시 생각하다가 고개를 끄덕였다.

"알았어. 그러면 나중엔 안형욱과 손을 잡는 것도 고려는 해 봄 직하겠군."

"하지만 안형욱에게 네 정체를 밝히는 데 따르는 리스크는?"

"그건 안형욱이 곽성훈과 한패일 때지."

크리스가 말을 이었다.

"그리고 그 곽성훈이 이성진을 죽였다면, 그건 그것대로 왜인지 생각해야 할 테고. 곽성훈 이야기가 나와서 말인데, 혹시 곽성훈이 너희 회사에 왔을 때 특이할 만한 일은 없었나?"

"글쎄…… 나도 어지간한 외부 영업은 곽성훈에게 일임해 두고 있었으니. 원래 김민혁이 하던 게 그거거든."

나는 잠시 곽성훈이 내 회사에 와서 했던 일을 떠올리다가 한 가지 주목할 만한 이야기를 했다.

"하나 꼽자면, 김승연을 데려올 때 그쪽 소속사와 협상을 한 게 곽성훈이었어."

"어떻게?"

"김승연의 소속사가 뒷돈을 챙기고 있더군. 곽성훈은 그 점을 파고들어 김승연과 계약 해지를 종용했고, 우리는 김승연을 손에 넣을 수 있었지."

당시, 나는 그렇게 해서 곽성훈이 보여 준 수완을 높이 샀다.

"그건 곽성훈이 전생의 상황을 알고서 한 일일까, 아니면 곽성훈 개인의 능력이었을까?"

크리스의 말에 나는 고개를 저었다.

"그건 무어라 콕 짚어 말하기 어렵겠는걸. 나만 하더라도 마음만 먹으면 할 수 있는 일이었고."

"흠……."

크리스는 생각에 잠겨 무릎 위를 손가락으로 톡톡 두드리더니 이윽고 고개를 끄덕였다.

"좋아, 곽성훈에 대해선 일단 거리를 두고 지켜보기로 하자. 그게 두 번째. 일단 아직 그놈이 전생자 A라는 것도 명확하지 않고……. 이쪽에서 섣불리 선을 그어 버리면 역으로 그쪽의 의심을 살 여지도 있어."

크리스가 말을 이었다.

"게다가 최서연의 계획이 뭐였는지는 몰라도 지금은 그게 실패한 상황인 거 같으니, 무언가 행동을 취할 거 같군. 그때 뭔가가 보일지도 몰라."

"아니면 이번 생은 글렀다고 생각하려나?"

크리스가 픽 웃었다.

"모르지, 그건."

크리스가 어조를 고쳐 말을 이었다.

"세 번째로 고려할 건 조광이야."

"정확히는 강미자?"

"그래. 강미자 측이 곽성훈이나 안형욱 쪽과 관계가 있는지는 명확하지 않지. 어쩌면 이철희가 CEO가 된 건, 조설훈의 부재 시 따라 온 자연스러운 결과일 수도 있어."

즉, 강미자가 배후에서 조광을 제어하려고 한 건, 굳이 곽성훈이나 안형욱 같은 전생자가 입김을 넣지 않더라도 생겨났을 일이란 것이 크리스의 견해였다.

"그게 전생자 A가 의도한 흐름이라 하더라도?"

크리스가 코웃음을 쳤다.

"놈도 신은 아니야. 세상 일이 놈이 생각한 대로만 흘러가지는 않는다는 건 앞서 최서연의 경우로 입증되었지. 아마 지금쯤이면 놈도 자신의 계획이 틀어진 것에 당황하고 있지 않을까?"

"……음."

"어느 정도는 희망 사항이지만, 그렇다고 하면 놈도 조금쯤 몸을 사리겠지."

크리스가 씩 입매를 비틀어 올렸다.

"고로 어쨌건, 네가 앞으로 할 일은 이 변수를 극대화하는 거다."

"변수를 극대화?"

크리스가 고개를 끄덕였다.

"그래. 네가 전생자라는 건 이미 알고들 있을 거야. 그러니 너는 차라리 이번 일에 따른 변수에 더 큰 레버리지를 가해서 판을 크게 키워 버려."

크리스가 비릿한 미소를 띠며 덧붙였다.

"그래, 이 기회에 통신사를 하나 먹어 두는 건 어때? 해 볼 만하잖아?"

농담인지 진담인지.

나도 그게 가능하다면 해 볼까, 생각은 하고 있었지만…….

"감당할 수 있을까?"

크리스가 입가에 드리운 미소를 거둬들였다.

"이미 기호지세야. 이제는 뛰어내리는 게 더 힘들지. 아니면 뭐, 이대로 어디 신분을 세탁해서 동남아로 잠적해 버리든가 해. 목숨을 건지는 게 우선이면 그게 낫지 않겠어?"

크리스의 말에 나는 반박할 거리를 찾지 못하고 고개만 끄덕였다.

"그것도 그렇군."

"좋아."

크리스가 손바닥으로 무릎을 가볍게 내려쳤다.

"그럼 안형욱을 만나는 건 연말, 장여옥이 한국에 왔을 때로 해 두지. 그전까진 적당히 구실을 대서 시간이나 끌어 줘."

"하필 그때일 이유라도 있냐?"

"내 생각대로 된다면, 내가 해 놓은 것도 무언가 큰 변수가 될 테니까."

나는 크리스가 벌여 둔 일이 뭐가 있는지를 생각하고 고개를 끄덕였다.

"네가 만든다던 유령 인간 말이지?"

"그래. 숫제 그 유령 인간 왕 씨가 그들이 알지 못하는 전생자인 것처럼 포장해서 눈을 돌리는 거야."

과감하지만, 크리스의 견해대로라면 그건 상대가 모르는 변수이자 동시에 감당하기 힘든 변수일 것이다.

내 표정을 살핀 크리스가 다시 입을 뗐다.

"어쨌건 당분간의 방침은 결정됐군. 이만하면 우리가 할 수 있는 대책 수립은 충분해. 남은 건 상황이 어떻게 흘러갈지를 두고 보며 계획을 수정하거나 해야겠지."

"결정된 건가?"

"아니면 이것 말고 우리가 뭘 할 수 있겠어?"

냉소적으로 뇌까린 크리스가 어깨를 으쓱였다.

"그렇게 했는데도 죽으면, 그 원수 정도는 갚아 주지."

그 말에 나는 픽 웃었다.

"나한테 그럴 만한 의리라도 있나?"

"그럴지도."

나직이 중얼거린 크리스가 어조를 바꿔 말을 이었다.

"어쨌건 너랑 나는 일련탁생인 모양이니까. 바이올린 실력도 그렇지만……. 또, 나는 나대로 네가 내대신 방패막이가 되어 줄 거라고 생각하거든."

나는 그 말에 고개를 끄덕였다.

"나쁘지 않은 제안이네."

"그래. 그러니 어쨌건 내 등에 칼은 꽂지 말아 줬으면 좋겠군. 너도 모처럼 생긴 동맹을 헛되이 잃고 싶지는 않겠지?"

크리스가 손을 내밀었고, 나는 그 손을 물끄러미 바라보다가 대답했다.

"물론이야."

나는 그 조그만 손을 붙잡아 악수를 나누며, 이번에야말로 크리스와 협력 관계에 들어선 것 같은 기분이 들었다.

'물론…… 나는 나대로 알아볼 일이 잔뜩 있긴 하지만.'

그건 크리스도 마찬가지일 것이다.

불구경을 나온 인파들의 그림자가 불빛에 아른거렸다.

1층에 산재해 있던 조폭들을 옮긴 형사들은 곧바로 인근 상가 단지에서 끌어온 소화기를 들고 저마다 불이 난 곳을 진압했다.

하지만 거세게 타오르는 불길은 소화기만으로는 충분하지 않았고, 소방차가 도착할 때까지 2층 진입은 엄두도 낼 수 없었다.

사이렌 소리와 함께 도착한 소방차에서 소방대원들이 일사불란하게 내렸다.

"들어갑니다!"

소방대원들이 도착하고 나서야 형사들은 한숨을 돌렸지만, 그럼에도 긴장의 끈을 놓지는 않은 채 불길이 잦아드는 걸 지켜보았다.

여기저기 검댕이 묻은 형사들이 바닥에 앉아 숨을 골랐고, 정진건도 화단 턱에 엉덩이를 붙이고 숨을 몰아쉬었다.

"수고했습니다."

박순길이 다가와 음료수 캔을 건넸다.

"자네가 샀나?"

"저짝에서 사람들이 나눠 주더구만요. 세상 아직 살 만한 모양입니다."

과연, 박순길이 바라본 방향을 보니 어느 시민이 자발적으로 사 온 음료수 캔을 형사들에게 나눠 주고 있었다.

"저, 그런데 정 형사님."

주위를 두리번거린 박순길이 목소리를 낮춰 정진건을 불렀다.

"응?"

"이거, 설마하니 폭탄이라도 터진 걸깝쇼?"

"아니……."

정진건은 음료수를 한 모금 마시곤 대답을 이어 갔다.

"내 생각에는 아마 가스 폭발 같군."

"가스 폭발? 거기서 가스 냄새는 못 맡았는데요잉."

정진건이 담담히 말했다.

"박 형사, 거기서 장미향을 느꼈다고 했지 않나."

"그랬지라."

"아마 그거였을 걸세."

"예?"

정진건은 박순길에게 양상춘에게 들었던 가스와 관련된 잡학을 설명해 주었다.

이야기를 들은 박순길은 등골이 서늘해지는 기분을 느끼며 그가 빠져나온, 불길에 휩싸인 가게를 돌아보았다.

'시방, 그라믄 그야말로 생사의 고비를 넘겼던 거구마잉…….'

권총이 어떻고 저렇단 것 이전에, 거기서 누가 담뱃불만 붙였어도 자신은 이 자리에 서 있지 못했을 것이다.

"하믄……."

"그래. 폭탄 같은 거창한 게 아니더라도 목적을 달성하기에는 충분하지. 장미향을 넣은 가스를 준비했을 정도면 처음부터 그럴 생각이었던 거 같군."

그래서 정진건은 아까 서장의 멱살을 잡고서 '당신, 다 알고 있었지'하며 따진 거였구나, 박순길은 이제야 납득이 갔다.

두 사람은 한동안 불길에 휩싸인 식당을 바라보았다.

"이제부턴 어떻게 할까요?"

정진건은 박순길의 질문을 질문으로 받았다.

"김철수는 살았을까?"

박순길이 쓴웃음을 지었다.

"아마, 못 했을 것이어라."

"……."

"2층에서 폭발이 있었다믄 거기가 폭발의 중심지인데, 뭐 흔적이라도 남았겠습니까."

"그렇……겠지."

이제야 진상에 도달한 느낌이었는데, 또다시 코앞에서 놓치고 말았다.

정진건이 끙차, 하고 몸을 일으켰다.

"아까 질문에 대답하자면 일단은 복귀를 생각하고 있네. 무슨 일이 있었는지 보고부터 하고 상부의 의견을 따라야지."

아마, 일개 형사가, 그것도 관할 구역 운운할 것도 아닌 외지인인 자신들이 여기서 뭔가를 더 해 볼 건수는 더 이상 없을 것이다.

부산 경찰 측에서 내용 공유라도 제대로 해 주면 다행일 정도니까.

"것도 그렇지요…… 아, 그렇지."

박순길이 문득 생각난 듯 말했다.

"그라고 보니 김보성 검사님 좌천당한 곳이 부산 근처 아니어라?"

"……김보성 검사님?"

박순길이 고개를 끄덕였다.

새벽녘, 강미자 앞에 부하들이 끌고 온 자동차 트렁크를 열었다.

안에는 김갑일과 석동출의 시체가 들어 있었다.

석동출이 밟은 급브레이크로 앞 유리를 깨트리며 튕겨 나간 김갑일은 경추가 부서져 고통에 신음하다가 숨을 거뒀고, 석동출은 부하들이 쏜 총에 맞아 유명을 달리하였다.

"……."

강미자는 무표정한 얼굴로 시신을 확인한 뒤 고개를 돌려 부하를 보았다.

"치우세요."

"예."

오랜 시간 자신을 보필해 온 부하의 사망에도 불구하고 강미자의 얼굴에는 아무런 감정도 떠오르지 않았다.

부하는 군말 없이 트렁크를 닫았고, 강미자는 카디건을 여미며 집으로 돌아왔다.

시체 두 구를 처리하는 것쯤은 어렵지 않았다.

조설훈이 수배해 둔 교외 화장터를 사용하면 저 시체 두 구는 흔적도 없이 사라지게 되리라.

그렇다고는 하나 아쉽게 되었다.

석동출을 확보했으니 이제 그 신문만 남았을 뿐이었는데, 끝의 끝에 와서 긴장이 풀어지기라도 한 걸까.

'그래도 개중엔 김 실장이 가장 쓸 만했는데.'

그 정도 유능한 부하는 쉽게 구할 수 없으니, 이제 자신의 행동 반경도 그 폭이 줄어들게 생겼다.

돌아오니 잠옷 차림의 조세화가 계단참에 서서 강미자를 기다리고 있었다.

"새벽부터 무슨 일이야?"

"아무것도 아니야."

강미자가 빙긋 웃었다.

"들어가서 마저 자렴."

"엄마……."

"우유 배달원을 만나서 이야기를 나눴을 뿐이야. 이제야 이 집에 우유 마시는 사람이 없다는 말을 전했지 뭐니."

"……응."

조세화는 지금 모친이 거짓말을 하고 있다는 걸 알았지만,

그 거짓말을 눈치챈 티를 내지 않기로 했다.

"그러면 다시 방에 들어갈게."

"그래."

계단을 오르려는 조세화를 강미자의 목소리가 붙들었다.

"애, 잠시만."

"응?"

"모처럼 일찍 잠에서 깼는데, 엄마랑 차라도 한잔할까?"

조세화는 잠시 생각하다가 고개를 끄덕이곤 몸을 돌렸다.

"그럴게."

"그러면 식탁에서 기다리렴. 홍차면 되겠지?"

"으응."

조세화가 식탁에 앉아 다리를 동동 흔들어 대며 기다리고 있으니, 강미자가 홍차 티백을 담은 머그 컵에 각각 뜨거운 물을 담아 가지고 왔다.

"자."

"고마워, 엄마."

강미자가 조세화의 맞은편에 앉았다.

"이제 세화까지 떠나고 나면 이 집이 텅 비겠네."

"으응."

"그래도 아무 걱정 하지 말고 다녀오렴."

강미자의 표정에 조세화는 망설이다가 힘겹게 입을 뗐다.

"엄마, 나 그냥 유학 가지 말까?"

"얘는."

강미자가 픽 웃었다.

"이번 사업은 세화 네가 유학을 떠나는 게 전제되는 일이라고 하지 않았니?"

"……여기 있어도 성진이가 하는 건 손 안 댈 거야."

"엄마도 잘 알지. 하지만 다른 사람도 그렇게 생각할까?"

"……."

강미자의 지적에 조세화는 아무 말도 하지 못했고, 강미자는 홍차를 한 모금 마셨다.

"혹시 엄마가 걱정되어서 한 말이면 신경 쓸 거 없어. 엄마는 엄마대로 바쁘게 보낼 테니까."

"……그 이철희 CEO님이랑?"

"그래."

고개를 끄덕인 조세화는 멈칫하더니 조심스럽게 입을 뗐다.

"저기 있잖아, 엄마."

"응?"

"혹시, 엄마는 이철희 CEO님이랑……."

조세화는 입에 담기도 께름칙한 내용이라는 듯이 한 차례 뜸을 들였다.

"……재혼 같은 거 생각해?"

"응?"

강미자는 눈을 동그랗게 뜨더니 뒤늦게 웃음을 터뜨렸다.

"얘는 참. 갑자기 무슨 소리를 하나 했더니."

"그래도……."

"그런 거 아니야. 엄마도 이철희 씨랑 안 지 오래된 사이지만 절대 그럴 일 없어. 심지어 이철희 씨도 가정이 있는 사람인걸."

조세화는 그 말에 고개를 끄덕였다.

그녀도 어디까지나 '혹시나' 하는 마음에 꺼내 본 말이었을 뿐, 어린 자신이 보기에도 둘 사이에 남녀상열지사의 낌새는 느껴지지 않았으므로 조세화는 강미자의 말을 믿었다.

다만, 그러면서도 조세화는 둘 사이가 단순한 '비즈니스적 관계'만은 아닐 거란 생각이 들었다.

그래서 조세화는 관련해 더 묻는 대신 다른 질문을 던졌다.

"엄마는 아빠를 사랑했어?"

강미자는 그 말에 빙긋 웃었다.

"그럼."

강미자가 덧붙였다.

"아주 많이."

"……."

"왜, 못 믿니?"

"아니야, 믿어."

"그런데 오늘따라 왜 그런 걸 묻고 그러니?"

"……."

조세화는 표정을 진지하게 한 뒤 강미자의 물음에 답했다.

"조광은, 할아버지가 내게 물려주신 회사야."

"……."

"엄마가 이철희 씨랑 뭘 해도 좋지만, 나는 엄마가 그걸 제대로 알고 있었으면 좋겠어."

강미자가 빙긋 웃었다.

이 아이는, 역시 나를 많이 닮았다.

그리고 자신과 닮지 않은 다른 성격적인 면은 그 부친을 닮은 것이리라.

"물론이야."

강미자가 대답했다.

"잘 알고말고."

"……그러면 됐어."

조세화가 자리에서 일어섰다.

"그러면 나는 방에 가서 좀 더 잘게."

"그러렴."

"엄마는?"

"엄마도 좀 더 잘까."

조세화가 계단으로 향했다.

"안녕히 주무세요."

"응."

조세화가 계단을 올라 자신의 방으로 돌아갔고, 식탁에 홀로 남은 강미자는 홍차를 한 모금 홀짝이곤 머그 컵을 들고서 거실로 향했다.

거실로 향한 강미자는 리모컨을 들어 텔레비전을 틀었다.

마침, 아침 뉴스가 한창이었다.

—……현장 확인해 보겠습니다. 이대기 기자?

—예, 이대기 기자입니다.

전소한 건물을 등지고 선 기자가 화면에 잡혔다.

—전날 오후 9시 무렵, 부산 XX동 모 식당에서 가스 폭발로 추정되는 화재가 발생했습니다. 이 화재로 식당 1층에 있던 손님들 중 20여 명이 화상과 호흡기 증상 등으로 인근 병원에 이송됐으며, 식당 2층에서 식사를 하던 손님 세 명이 사망했습니다. 경찰 측은 사망자의 신원을 확인하는 중입니다.

—화재로 인한 피해가 상당했을 것 같습니다.

—예. 화재로 인해 인근 상가와 주택에도 피해가 발생했으며, 소방 추산…….

강미자는 가만히 그 뉴스를 지켜보며 홍차를 홀짝였다.

비록 TV를 틀어 놓기는 했지만, 그 내용은 강미자의 귀에 들어오지 않았다.

강미자가 생각하는 건 방금 전 조세화가 한 말이었다.

「조광은, 할아버지가 내게 물려주신 회사야.」

조세화는 우유부단한 태도를 버리고 자신이 나아갈 길을 명확하게 알고 있었다.

조설훈을 죽인 것이 누구인지 조세화는 무언가 아는 눈치였지만, 동시에 조세화는 조설훈이 사람을 죽이려다 도로 당한 것이란 것도 아는 눈치였다.

하지만 조세화가 아는 '범인'은 광금후였고, 강미자가 알기에 광금후는 그럴 만한 그릇이 아니었다.

그러니 누군가가 중간에 개입해 조세화를 속여 이용했을 것이다.

그 중간에 개입한 거짓말쟁이는 진범일 수도, 아니면 그냥 잇속이나 챙겨 볼 심산인 완전한 타인일 수도 있었다.

'그러면 이제부터는 어떡한담.'

석동출을 확보해 진범을 찾는 일은 실패에 그쳤다.

실패한 일을 계속 붙잡고 있기에는 당장 눈앞에 닥친 일이 시급했다.

장남인 조세광은 이런저런 정상참작을 감안하더라도 몇

년간의 형을 지내야 할 것이며, 출소 후에도 경영에 개입할 일은 없을 것이다.

어쩌면 이후 다혈질인 조세광이 부친의 원수를 갚고자 조설훈을 살해한 진범을 찾으려 사방팔방을 쑤시고 다닐지도 모르지만, 그건 그때 가서 생각해 볼 일이었다.

'또, 그즈음이면 세화도 유학을 마치고 본격적인 경영을 시작하겠지.'

조세광의 목줄을 쥐는 건 조세화가 해야 할 일이지만, 그 전까지 변호사를 선임하고 그 변호를 하는 건 자신이 해야 할 일이었다.

필요하다면 준비가 끝날 때까지 조세광은 좀 더 오랫동안 교도소 신세를 지게 할 수도 있으리라.

그러니 조설훈을 죽인 원수를 찾는 일은, 한동안 뒤로 미뤄 두어야 할 것 같다.

—다음 뉴스입니다. 검찰 측은 얼마 전 버스 납품 비리 사건의 뒤를 이어 하수관 공사 비리 사건에 수사를…….

부산에서 대구까지는 가깝다고 생각해서 '너무 일찍 출발하는 건 아닌가' 하고 생각했지만, 대구까지 가는 길은 생각

외로 가깝지 않았다.

새벽녘에 출발한 정진건과 박순길이 대구에 도착한 것은 아침 무렵이 다 되어서였다.

"저기 저 사람 아닙니까?"

박순길이 가리킨 곳을 보니 어딘지 낯익은 인물이 손목시계를 들여다보며 서성이는 중이었다.

"그런 거 같군."

그가 김보성임을 확인한 정진건이 그 앞에 차를 세웠다.

"김보성 검사님!"

정진건의 부름에 조수석 창문 사이로 김보성이 얼굴을 보였다.

"아, 오랜만입니다."

"예. 일단 타시겠습니까?"

"그러죠."

그와 만나는 것도 오랜만이라면 꽤 오랜만이었다.

"어젯밤에는 갑자기 연락하셔서 조금 놀랐습니다."

김보성은 뒷좌석에 올라타며 그렇게 말했고, 정진건이 고개를 숙였다.

"그동안 연락도 없다가 불쑥 죄송합니다."

"아뇨, 아뇨. 그만큼 바쁘셨을 거라는 거겠죠. 최 검사에게 대강 전해 듣고 있습니다."

"그러셨습니까."

"이관이 그렇게 매끄럽지는 않았거든요. 복잡한 사안도 있었고."

"그러잖아도 검사님과 그 일로 상의를 좀 드렸으면 합니다만……."

김보성이 운전석을 툭툭 두드렸다.

"저쪽 사거리에서 꺾으면 주차장이 있습니다. 근처에 자주 가는 백반집이 있으니까 거기서 아침이라도 하면서 듣죠."

그렇게 세 사람은 김보성이 안내한 백반집으로 향했다.

세 사람은 허름한 백반집 테이블에 둘러앉아 머리를 맞대고 찌개에 밥을 먹었다.

그러는 사이 김보성은 찾아온 용건을 단도직입적으로 묻는 대신 단신 부임 홀아비 신세 한탄을 농담조로 늘어놓았고, 박순길의 광수대 합류를 축하했다.

이야기의 흐름이 바뀐 건 가게에 틀어 둔 뉴스에서 흘러나온 부산 가스 폭발 화재 보도 이후였다.

정진건과 박순길은 식사를 하다 말고 고개를 돌려 그 뉴스를 끝까지 경청한 뒤 김보성을 보았다.

"실은 방금 저기서 오는 길이었습니다."

정진건의 말에 김보성이 고개를 끄덕였다.

"그랬군요. 옷에 검댕이 붙어 있어서 그러지 않을까 생각했습니다."

정진건은 팔꿈치 부근의 검게 그을린 흔적을 물수건으로

슥슥 문질렀지만, 흔적은 쉽게 지워지지 않았다.

"아내한테 잔소리를 듣겠군요."

"그래도 무사하셨으니 다행 아닙니까."

김보성이 빙긋 웃으며 말한 뒤 목소리를 낮췄다.

"무슨 일이었습니까?"

정진건은 주위를 둘러보았다.

사람들은 이쪽에 별 관심이 없었다.

"혹시 안기부에 대해 어디까지 알고 계십니까?"

"……."

김보성은 대답 대신 물을 한 모금 마신 뒤, 자리에서 일어섰다.

"여기 계산은 해 두겠습니다. 아직 금연 중이시죠?"

"예."

"그러면 커피라도 듭시다."

정진건과 박순길 두 사람은 김보성을 따라 식당을 나섰다.

"얼마 전에 여기 근처에도 로스트 빈이 생겼거든요. 정 형사님도 아시죠?"

"물론이죠. 성진이가 대표로 있는 커피집 아닙니까. 부산에도 있더군요."

"그렇습니까? 하긴, 대구에도 있는데 부산이야 당연하겠죠."

김보성은 한사코 자신이 사겠다는 정진건을 만류하고는

커피 세 잔을 계산한 뒤, 구석진 자리로 갔다.

"슬슬 이야기를 해 보죠. 무슨 일이 있었습니까?"

김보성의 물음에 정진건은 그간 서울에서 있었던 일과 부산에서 있었던 모든 일을 간추려 김보성에게 전했다.

"흠."

이야기를 끝까지 들은 김보성은 박순길이 가져온 커피를 한 모금 마셨다.

"그럼 석동출 형사는……."

"모르겠습니다. 죽었는지 살았는지……."

"……그렇습니까."

김보성은 흠, 하고 한숨을 내쉰 뒤 커피를 한 모금 더 마셨다.

"정 형사님, 그러면 정 형사님은 이제부터 어떻게 했으면 좋겠습니까?"

"……."

솔직히 말하면 그걸 잘 모르겠다는 것이 지금 정진건의 생각이었다.

공론화를 하고자 한다면 그것도 불가능한 일은 아니다.

(얼마 전 박상대 같은 예외도 있긴 했지만) 언론은 그래도 예전에 비해 자유로운 편이었고, 심지어 인터넷이란 것도 세상에 첫선을 보이는 시대였다.

다만 기고 가능한 매체가 자유로워질수록, 그 한계가 줄어

들수록 그에 따른 신뢰도는 반비례하기 마련이었다.

하물며 이번 일은 안기부가 중간에 개입해 사람을 죽이고, 부산 조폭들을 뒤에서 조종해 마약을 들여오려 한 일이었다.

그 목적이 선의에 있다고 하더라도 과정은 비난받아 마땅한 것들이었으며, 심지어 만일 그 행방을 알 수 없는 석동출이 사망한 것이라면 그건 그야말로 개죽음을 당한 것과 다름이 없다.

그에 따른 리스크는 또 어떤가.

설령 이번 일이 공론화가 이루어져 여론이 진실을 원하는 방향으로 흘러가더라도, 이 일의 진상이 알려지면 모두에게 피해가 가는 방향을 향하게 되리라.

조광 그룹의 조설훈은 죽기 전 삼광 그룹의 전도유망한 장남을 살해할 계획을 세운 인물임이 밝혀질 것이고, 이는 얼마 전 합자회사를 설립한 양대 기업에도 좋은 뉴스거리는 아니게 될 것이다.

순직한 것으로 알려진 배성준이 비리 형사였다는 것이 알려지면 그 남은 두 어린 아들은 국가의 지원이 끊겨 길거리에 나앉게 될지 모른다.

DEA와 공조 중인 마약 수사는 또 어떤가.

이미 많은 시간과 예산, 운이 따라 준 이 작전이 실패로 돌아가면 그 낭비는?

여기에 더해 정부 기관을 향한 국민의 신뢰가 추락하는 건

차라리 부차적이라고 할 정도의 파장을 빚으리라.

그러니 이대로 '진실이 묻힌다'면 모두에게 그나마 괜찮은 결과를 향할지 모른다.

김보성은 그런 정진건의 생각을 이해하고 있다는 듯 짧게 고개를 끄덕였다.

"아마 어느 쪽이건 뒷맛이 깔끔한 일은 아니겠지요."

"……."

"정 형사님."

"예."

"정 형사님은 이번 일로 누군가가 그 죗값을 치러야 한다고 생각하십니까?"

김보성의 지적은 정진건이 위화감을 느끼던 부분을 짚고 있었다.

누가 이 일의 책임을 질 것인가?

김철수? 그는 이미 어젯밤 그 사고에 휩쓸렸는데?

아니면 안기부의 윗선?

하지만 안기부가 개입하지 않았다면, 조지훈을 살해한 뒤 조설훈의 총구는 이성진을 향했을 것이다.

자신의 친동생까지 죽인 놈이, 어린애라 하더라도 생판 타인에게 방아쇠를 당기는 일쯤은 어렵지도 않을 터.

결국, 이 일로 '죗값'을 치러야 할 인간이 있다면, 그런 인간은 이미 모두 죽었다.

그럼에도.

"……하지만 조광이 남아 있지 않습니까."

"아까 말씀하신 김갑일 실장이란 사람 말입니까?"

"예. 제 생각에는 그가 석동출 형사를 해하지 않았을까요."

그렇게 말은 했지만, 정말로 석동출은 죽었을까.

아니 최소한 그 행적에 대해서는 알고 있을 것이다.

"구봉팔도 뭔가를 아는 눈치였으니, 그쪽을 파헤치면 뭔가가 나올 거라고 생각합니다."

"그러면 결정되었군요."

김보성이 담담한 어조로 말했다.

"그렇게 하도록 하십시오."

"……괜찮겠습니까?"

그렇게 묻는 정진건의 표정은 혼란스러워하는 기색이 역력했다.

"만약 그 일로 인해 사건의 진상이 밝혀지기라도 한다면……."

"그렇게 된다면 당신은 여파를 감당할 수 없을 것 같다는 말씀이십니까?"

정곡을 찔렀다.

문득, 어째서인지 그 머릿속에 양상춘의 모습이 떠올랐다.

얼마 전까지만 하더라도 사건의 진상을 파헤치는 데 열성적이던 양상춘은 지금 싱거울 정도로 방관자적 태도를 취하고 있었다.

"……솔직히 말하면 그렇습니다."

그래서 정진건은 그렇게 말하고도 그런 말을 하고 만 자신에게 소스라치게 놀랐다.

김보성이 그런 정진건을 물끄러미 쳐다보며 입을 뗐다.

"제 생각을 말씀드려도 될까요?"

"부디."

"제 생각에는…… 아마 조광에서는 이 일에 대해 모른다며 잡아뗄 겁니다."

"잡아뗀다고요?"

"사람이 죽었습니다."

김보성이 말을 이었다.

"또, 그들도 조지훈을 살해한 것이 조설훈이란 것쯤은 짐작하고 있을지 모르죠. 그러니 그들로서도 일이 그르쳐진 걸 안다면 이번 일을 더 파고들어 봐야 긁어 부스럼을 만들 뿐이라고 생각할지 모릅니다."

"……."

"해서, 조설훈의 관계자들이 안기부가 배후에 개입해 있다는 걸 모르고 있다면, 그들은 차라리 이번 마약 밀매 건의 추이를 살피고 난 뒤에야 움직이게 될지 모르죠. 물론, 정진건 형사님이 수사를 시작하지 않는다는 전제하에서요."

김보성이 한숨을 내쉬었다.

"말은 그렇게 했지만 석동출 형사는 아직 살아 있을지도 모릅니다. 석동출 형사는 당시 조설훈이 살해된 현장에 있었으니 자세한 진상을 알고 있겠죠. 그들의 목적이 조설훈을 살해한 진범을 찾고자 하는 거라면 그럴 거란 이야기입니다."

그때, 김보성의 핸드폰이 울렸다.

김보성은 쓴웃음을 지으며 손목시계를 확인한 뒤, 커피를 챙겨 자리에서 일어섰다.

"슬슬 출근을 해야 할 시간이군요. 요즘 하수관 공사 비리 건을 맡게 된 참이어서 좀 바쁘거든요."

정진건의 목소리가 김보성을 붙들었다.

"그러면 덮자는 말씀입니까?"

정진건의 단도직입적인 물음에 김보성은 그를 물끄러미 내려다보다가 대답했다.

"답은 이미 나온 거 같군요."

"……."

"먼저 가 보겠습니다. 오랜만에 만나서 반가웠습니다. 서울까지 조심해서 올라가십시오."

김보성이 카페를 나섰고, 정진건은 한동안 그 자리에 앉아 있었다.

잠자코 두 사람의 이야기를 지켜보던 박순길이 조심스레 입을 뗐다.

"일단 서울로 올라갈까요?"

"……그래."

정진건이 커피를 한 모금 마셨다.

"이제 그만 가세. 집에 돌아가서 뜨거운 물에 샤워한 뒤 드러눕고 싶은 기분이군."

"잘 생각하셨습니다. 천안까지는 제가 운전하죠."

정진건과 박순길도 이내 커피를 챙겨 카페를 나섰다.

'그나저나…….'

정진건의 뒤를 따르며 박순길이 생각했다.

'아까 식당에서 본 뉴스에서 시체가 3구 나왔다고 했던가?'

그 방에 있던 사람 모두가 죽었다면, 시신은 도합 4구가 나와야 할 텐데.

'흠. 이일호인가 뭔가 하는 아는 내빼고 펑 터뜨린 건가?'

박순길은 정진건에게 그걸 이야기해 볼까 생각했지만, 정진건은 차에 올라타고 얼마 지나지 않아 곯아떨어졌기에 차마 말을 꺼내지 못했다.

길모퉁이에 서서 그들을 지켜보던 김보성이 핸드폰에 대고 말했다.

"이제 돌아가는군요."

-그래. 어떻게 할 것 같나?

"……아마, 덮지 않겠습니까."

그렇게 말하면서 김보성은 자기 환멸이 묻어나는 표정으로 덧붙였다.

"그도 가족을 생각한다면 말이지요."

–그렇겠군.

곽철용이 수화기 너머 말을 이었다.

–그러면 조만간 자네가 서울에 올라오거든 그때 보지.

이번 하수관 공사 비리 건을 안겨 준 것이 그였으니, 이번 실적을 통해 서울로 돌아오게 될 것임을 암시하는 말이었으나.

"……빈말은 됐습니다. 가능하면 이번 통화가 그쪽과 엮이는 마지막이면 좋겠습니다."

–그렇군.

자못 무례한 말에도 불구하고 곽철용은 그러려니 하는 말투였다.

–그러면 마지막으로 한마디만 하지.

"뭡니까?"

–별일이 없다면 아마, 자네는 장래 큰사람이 될 게야. 그때 가서도 국가를 향한 그 충의는 잊지 말아 주었으면 하는군.

김보성이 대체 무슨 소리냐고 묻기도 전, 제 할 말을 마친 곽철용은 전화를 끊어 버렸다.

"……."

뚜-뚜.

가만히 서서 신호음을 듣던 김보성은 핸드폰을 닫았다.

부산 모 중국집에서 있었던 가스 폭발은 '사고'로 처리되었다.

그 일로 봉식이파의 두목 대행 서동호와 파라솔파 두목 양필두가 사망, 그 자리에 동석해 있던 신원을 알 수 없는 인물의 시신 수습까지 마쳤다.

경찰 측은 일단 사망자가 누구인가를 함구하도록 하였지만, 새는 바가지는 막을 수 없다는 말처럼 결국 서동호와 양필두의 사망 소식은 부산 바닥에 퍼지고 말았다.

다만 불행 중 다행인지 둘의 죽음이 어떤 항쟁의 불씨가 되거나 하는 일은 없었다.

그도 그럴 것이 파라솔파는 그날 넘버 투를 잃은 데다가 두목인 양필두마저 잃어 결정적인 의사 결정권자가 부재한 상황에 내부 단속을 하느라 여념이 없었고, 서동호가 두목 대행으로 있던 봉식이파는 서동호 측 파벌과 최봉식 측 파벌이 뒤늦은 견제를 시작하는 바람에 겉으로 드러나는 시끌벅적함은 있을 수가 없었다.

일을 크게 벌이지 못한 건, 거래에 쓴 대금이 각 조직의 살

림살이를 휘청거리게 만들 정도여서 그들도 한동안, 최소한 물건을 손에 넣기 전까지는 몸을 사려야 한다는 판단을 내린 것이었으리라.

그런 상황에 부산 조폭 연합의 수장 역할을 맡고 있던 마동철마저 실종되는 바람에 누군가는 어떤 불온한 낌새가 흐르지나 않을지 걱정하였지만, 그 작은아버지인 마순철이 몸소 모습을 드러내면서부터는 그런 불안마저 종식되었다.

한편, 마약을 납품하려던 칼리 카르텔도 부산 조폭 연합 내부에서 벌어지는 일을 예의 주시하였지만, 그들은 거래를 우선시하기로 합의하였다.

이 바닥에 큰 거래를 앞두고 그런 일은 꽤 비일비재하게 일어나는 편이었으니까.

식당에서 사망한 일은 어디까지나 사고였고, 두 조직의 수장들 역시 그날 오전에 있었던 일을 좋게 수습하려고 저녁 회담을 가졌다는 정보도 있었다.

여기에 더해 미국의 감시가 강화되는 시점에 새로운 판매 루트를 포기하고 싶지 않았던 욕심이 그들의 긴장을 느슨하게 만든 것이리라.

그 결과 거래를 재개한 칼리 카르텔의 마약 생산 및 경유지 중 하나로 삼고 있던 S국에는 DEA가 들이닥쳤고, 증거품과 거래 정황을 손에 넣은 DEA는 대대적인 단속에 들어가 해당 지부를 일망타진하였다.

같은 시각 대한민국에서는 미리 거래 정보를 꿰고 있던 경찰들이 컨테이너 선박장을 급습, 현장에 있던 조폭들을 현장에서 구속하였다.

몇백만 달러에 이르는 마약이 수거되었고, 부산 경찰은 큰 성과를 거둬들였다.

자연스레 부산 조폭 연합은 와해되었다.

아니 '부산 조폭 연합'이 와해된 정도가 아니라, 당시 거래에 가담한 중요 인물들이 대거 구속되었다.

부산은 이제 마약 청정 지대 정도가 아닌, 잔류한 조폭들까지도 탈탈 털어 넣는 바람에 한동안 꽤 안전한 지역이 되리라.

한 달 남짓한 시간 동안 벌어진 일들이었다.

이성진은 그날 유학길을 떠나는 조세화를 배웅하기 위해 김포공항에 나와 있었다.

"다녀올게."

오래전부터 준비한 유학이었고, 귀국이 예정된 이별이어서 그런지 작별은 담백했다.

"그래. 다음에 또 보자."

"아, 잠시만."

"응?"

조세화가 쪼르르 다가와 이성진의 볼에 입맞춤을 했다.

"……다음 건 다녀와서 해 줄게."

조세화는 태연한 척 말했지만, 귓바퀴가 새빨갰다.

"그럼 안녕!"

조세화는 도망치듯 그 자리를 떠났고, 이성진은 떨떠름해하는 얼굴로 뺨을 매만지더니 옆에 있던 강미자를 보았다.

"따님이 참 조숙하시네요."

"그러게……."

강미자가 쓴웃음을 지었다.

"가는 길에 밥이라도 먹을까? 아줌마가 사 줄게."

"말씀은 감사합니다만, 오늘은 선약이 있어서요. 다음 기회로 미루겠습니다."

이성진의 사양에 강미자는 아쉽다는 듯 그 어깨를 토닥였다.

"그래. 그러려무나."

"그러면 먼저 실례하겠습니다."

"응."

강미자는 이성진을 떠나보낸 뒤, 기사가 대기 중인 자동차로 발걸음을 옮겼다.

딸을 해외로 떠나보내고 나니 왠지 모를 피곤함이 밀려 들어온 강미자는 뒷좌석 시트에 목덜미를 기대며 눈을 감았다.

"집으로 가 주세요."

"예."

운전기사의 대답 직후 차가 출발했다.

'……응?'

강미자가 위화감을 느낀 건, 차가 일정 속도를 내기 시작하면서부터였다.

강미자가 눈을 뜨자, 운전기사가 그녀를 돌아보았다.

"사모님, 눈치채는 게 좀 늦네요."

얼굴 반쪽에 화상 자국이 있는 남자가 강미자를 향해 빙긋 웃어 보였다.

남자를 본 강미자는 본능적인 위험 신호에 몸이 굳고 말았다.

하지만 그녀가 간신히 입을 뗄 수 있었던 건, 지금 그녀의 지위, 그리고 그녀가 치르고 있는 자릿값이 공포감을 근소하게 누른 덕이었다.

"……당신은 누구죠?"

혹시 몸값을 노린 납치범? 아니면…….

남자가 다시 전방을 보며 대답했다.

"조설훈을 죽인 진범 측 사람……이라고 하면 알아들으시려나?"

강미자는 남자의 자기소개에 헛숨을 들이켰다.

"……당신……."

"아, 맞아. 사모님께 드릴 약소한 선물을 준비해 뒀는데, 팔걸이를 내려 보시겠습니까?"

"……."

"빨리요."

강미자는 무엇에 홀린 듯 뒷좌석 팔걸이를 내렸다.

"거기, 콘솔 박스라고 부르나? 한번 열어 보시죠."

강미자는 남자가 시키는 대로 했다.

콘솔 박스 안에는 투명한 비닐에 싸인, 연분홍색 가닥이 한 움큼가량 들어 있었다.

이게 뭔가 하고 자세히 들여다보던 강미자는 내용물의 정체를 알고는 소스라치게 놀라며 비닐 봉투를 내던졌다.

그건 손가락이었다.

"하하, 놀랐습니까?"

남자는 유쾌하다는 듯 웃었다.

"대, 대체 왜 이러는 거죠? 내게서 뭘 원하는……."

"오늘."

남자가 강미자의 말을 끊었다.

"따님이 유학을 떠나셨죠? 사모님의 손길이 닿지 않는 머나먼 곳으로."

"……."

남자가 감히 조세화를 언급하자 강미자는 으득, 이를 갈았다.

"당신, 만약 내 딸한테 손가락 하나라도 댄다면……."

"나 참, 아직은 그럴 생각이 없으니 말씀드린 거잖습니까."

아직은.

강미자는 남자의 표현에 주목했고, 남자는 그녀가 자신의 표현 하나하나에 집중하고 있다는 걸 알고 있으면서도 딴소릴 했다.

"그나저나 누구 손가락인지는 안 물어보시네요. 가까운 사람들 손가락이 무사해서 그런 건 신경 안 쓰시는 겁니까?"

"……제가 알아야 하나요?"

"아무래도 알고 계시는 편이 더 좋겠죠. 사모님, 야쿠자랑 친하시죠? 그 친구들 겁니다."

"……."

그제야 강미자는 방금 전 자신이 내팽개친 봉지 속 손가락의 주인'들'이 얼마 전 연락이 끊어진 부하들 것이라는 걸 알았다.

그동안 회사 일로 바빠서 생각을 못 했는데, 설마하니 그런 일이 있었을 줄이야.

"왜……."

남자는 예상한 질문이라는 듯 강미자의 말을 끊고 대답했다.

"복수라고 해 두죠."

대화가 남자의 주도하에 흘러간다는 느낌을 받으면서도 강미자는 그 흐름을 따라갈 수밖에 없었다.

"복수?"

"그쪽에서 우리 석동출 씨를 죽였으니, 저희도 가만히 손

놓고 있을 수만은 없었거든요. 뭐라도 해야죠."

"……."

석동출.

그 이름이 강미자의 기억 아래에서 꿈틀대며 기억의 수면 위로 부상했다.

그건 대략 한 달 전, 의도치 않게 사망케 한 전직 형사의 이름이었다.

남자가 말을 이었다.

"사실 석동출 씨랑은 딱히 그럴 만한 의리는 없었지만…… 그래도 우리 조직에 몸을 위탁한 사람이 해를 입었는데 아무것도 안 하면 본보기가 서질 않거든요."

강미자가 핸드백에 살며시 손을 넣으며 입을 뗐다.

"오해가 없도록 말해 두자면 저희도 그를 죽이려 한 건 아니었어요."

"압니다. 잘 알죠. 그래서 저희도 손가락 정도로 퉁친 거니까요. 야쿠자들은 사죄의 의미로 손가락을 자르고는 하지 않습니까?"

"……."

"뭐, 물론 그 과정이 고분고분하지는 않았지만요."

핸드백에 들어간 강미자의 손가락이 조심스럽게 안에 든 핸드폰을 열었다.

112.

강미자의 손가락이 더듬거리며 번호를 누르려고 할 때, 남자의 말이 이어졌다.

"경찰에 신고하려고요?"

강미자가 움찔했다.

"그게 무슨 말이에요?"

"괜찮습니다. 어차피 나중에는 경찰을 찾으실 거고……. 그래도 지금은 대화에 집중해 주셨으면 하는데."

"……."

"아무튼 빠르게 본론으로 넘어가죠. 방금 선물은 저희 조직의 분풀이 겸 응보였습니다. 그 메시지만 알아주세요."

거기서 강미자는 이 남자가 자신을 해칠 생각까지는 없다는 걸 알고 다소 안도했지만, 그럼에도 긴장의 끈을 놓지 않으며 그 말을 받았다.

"……메시지?"

"정말이지, 다 된 밥에 코를 빠트려도 유분수죠. 원래라면 저희가 대한민국 마약 시장을 석권하려고 했습니다만, 결정적인 순간에 사모님이 훼방을 놓으셔서 일이 단단히 틀어졌거든요. 때문에 위쪽에서는 꽤 화가 많이 나셨죠."

"……."

강미자는 그 와중에도 남자가 꽤나 미주알고주알 제 할 말을 늘어놓는다고 생각했다.

"요점이 뭐죠?"

"아차, 이야기가 잠시 딴 데로 샜군요. 제가 오늘 선물을 갖고 사모님을 찾아뵌 건 어디까지나 인사차 방문한 거였습니다. 원만한 관계를 이어 가기는 어렵겠지만 각자가 하는 일에 간섭하지 않고 지내보자는 이야기죠."

남자의 말에 강미자는 울컥했다.

"내 남편을 죽여 놓고 그런 말이 나옵니까?"

"그건 그쪽이 석동출 씨를 죽인 걸로 퉁쳐 보죠. 안 되겠습니까?"

무어라 받아치려던 강미자는 입을 꾹 다물었다.

정체가 뭐건 간에 그는 '메시지'를 전달하러 온 심부름꾼일 뿐이다.

그에게 분노를 쏟아 내 봐야 의미는 없다.

한 차례 숨을 고른 강미자가 차갑게 말했다.

"……전하세요. 우리와 원만한 관계로 발전하고 싶다면 제 남편을 죽인 사람의 목을 가져와야 할 거라고요."

남자가 웃음을 터뜨렸다.

"하하하, 글쎄요. 윗선에서도 조광 측과 딱히 '원만한 관계'까지는 바라지 않으시는 눈치여서."

"……."

"그래도 말씀은 전해 두겠습니다."

남자는 천천히 자동차 속도를 줄이더니 갓길에 비상등을 켠 채 대기 중인 차 뒤로 향했다.

"그럼 짧은 만남이었지만 즐거웠습니다."

"……."

남자가 차에서 내린 뒤 뒷좌석의 강미자에게 빙긋 웃으며 말했다.

"아, 참. 운전기사는 트렁크에 있으니 잘 살펴 가세요."

그러고 남자는 대기 중이던 차 운전석에 올라타더니 그대로 차를 몰고 떠났다.

강미자는 그 번호를 기억해 뒀지만, 의미는 없을 것 같다고 생각했다. 실제로 경찰이 해당 번호를 조회해 본 결과, 등록되지 않은 번호였다.

손가락은 실리콘으로 만들어진 가짜였다. 하지만 일본에서 따라온 강미자의 부하들은 연락이 닿지 않았다.

그러니 장난은 아니었을 것이다.

"끙차."

강미자를 버려둔 김철수가 차에 올라타자 조수석에 등을 기대고 있던 석동출이 그를 보았다.

"오셨습니까?"

"예. 그럼 얼른 달아날까요?"

"……그러시죠."

김철수는 강미자가 쫓아올세라 부리나케 차를 달렸다.

석동출이 살아난 건 그야말로 천운이었다.

화장터에서 잠복 중이던 안기부 요원들은 트렁크에서 간신히 숨이 붙어 있던 석동출을 구하는 데 성공했고, 병실에서 눈을 뜬 석동출을 향해 김철수는 링거를 꽂은 채 다가와 '피차 참 끈질기죠?' 하고 농담을 건넸다.

그렇게 말하는 김철수도 온몸이 화상을 입은 상태여서, 성형을 하더라도 원래 얼굴로는 돌아가지 못할 것처럼 보였다.

그래서 석동출은 그에게 무어라 따지려다가 관뒀다.

'그때 안기부 요원들이 구해 주지 않았다면 화장터에서 뼈도 못 추렸을 테니까.'

그들을 생명의 은인으로 쳐야 할지, 아니면 원수로 취급해야 할지는 아직도 헷갈린다.

석동출 또한 몸에 영구적인 장애를 얻었다.

지금도 날이 추워지면 총에 맞았던 곳이 쑤셨다.

예전 다리에 맞았던 곳과, 야쿠자가 멋모르고 쏜 총에 맞은 갈비뼈 근처 두 곳.

석동출은 아마 수십 년이 지나서도 이 불편함과 함께 살아가고 있을 것 같다는 생각이 들었다.

"이제 마지막 임무도 끝났겠다, 어쩌실 겁니까?"

석동출의 질문에 김철수는 어깨를 으쓱였다.

"글쎄요. 어디 외국에 건너가서 낚시라도 하면서 보낼까요? 이런 눈에 띄는 얼굴로는 예전처럼 활동하지도 못할 거 같고……."

석동출은 화상으로 덮인 김철수의 얼굴을 힐끗 쳐다보곤 고개를 돌렸다.

"……나쁘지 않군요."

김철수가 씩 웃었다.

"부자 친구를 잘 둔 덕이죠. 그쪽은 저를 친구라고 생각하지 않겠지만요."

석동출은 그 말에 흥, 하고 코웃음을 쳤다.

임무는 절반의 성공과 절반의 실패를 남겨 둔 채 종결되었다. 서동호와 양필두를 '사고사'로 처리한 부산 경찰은 한동안, 거래가 있기 전까지는 그 일을 덮기로 했다.

그 결과 DEA와의 공조는 성공적으로 이루어졌으나, 당초 예정했던 '범죄계를 물밑에서 조종'한다는 계획은 실패로 끝나고 말았다.

'지금 생각해 보면 애당초 그런 터무니없는 작전에 성공 가능성이나 있었을까 몰라.'

그 임무의 난이도 비하면, 직후 내려온 '마지막 임무'는 싱겁지만, 의도는 상대적으로 더 뚜렷했다.

'강미자가 헛물을 켜게 하려는 것이 그 목적이지.'

강미자도 김철수가 차에서 지껄인 말 전부를 믿지는 않겠지만, 최소한 어떤 '조직'이 배후에서 움직였다는 걸 의식하기는 할 테니, 그녀는 그 배후를 캐는 데 귀중한 시간을 낭비하게 되리라.

그러면서 강미자는 부하들을 풀어 '얼굴에 화상이 있는 남자'를 찾아다닐 테고, 그 과정에 강미자의 관심사는 김철수의 '부자 친구'에게서 서서히 멀어질 것이다.

그런 김철수에게 내려온 '마지막 임무'에는 이만큼 적합한 것도 찾기 힘들 것이라고, 석동출은 생각했다.

"그리고 딱히 이게 마지막 임무의 끝을 의미하는 건 아닙니다."

김철수의 말에 석동출은 쓴웃음을 지었다.

"나 참, 안기부도 끝까지 사람을 부려 먹는군요."

"하하하."

김철수의 웃음소리를 들으며 석동출은 생각에 잠겼다.

'하긴, 그렇게 치면 내 상황도 그렇지만.'

또한 강미자는 동시에 '죽은 줄로 알고 있는' 석동출의 부모님에게 정기적으로 닿는 '안부 편지'의 주소를 찾아다닐 것이다. 그런 의미에서 임무는 '현재진행형'이라고 말해도 틀린 말은 아니었다.

김철수가 말했다.

"그나저나 석동출 씨가 계속 저희와 함께해 주신다고 해서 조금 놀랐습니다. 제가 아는 석동출 씨라면 학을 떼고 떠나실 줄 알았거든요."

갑자기 새삼 무슨 소린지.

"이제 와서 발을 뺄 수도 없는 노릇 아닙니까."

사실 신분을 세탁해 주겠다는 권유도 있었지만, 석동출은 그러지 않았다.

"그건 그렇죠. 뭐, 나쁜 놈들은 언제 어디에나, 어느 시간에나 존재하니 말입니다."

"그러는 김철수 씨야말로 나쁜 놈인 건 아닙니까?"

"하하, 부정하지는 않겠습니다."

김철수가 웃었다.

"그래도 저희 입장에서는 '죽은 사람'이 버젓이 살아 돌아다니는 것만큼 귀중한 모델도 없으니 말입니다. 안기부에서도 내심 그 선택을 반기고 있을 겁니다."

"흥……. 그러니 죽을 게 뻔한 장소로만 보내지만 않으면 다행이군요."

두 사람은 흰소리를 늘어놓으며, 차를 몰았다.

아마 이 지긋지긋한, 김철수와의 만남도 이번이 마지막일 것이다.

'이제 살면서 두 번 다시는 볼 일이 없을 테지.'

그래서 김철수도 평소보다 말이 많은 것일 테고, 본인 역시도 툴툴대면서 그 흰소리를 받아 주는 것일 거라고, 석동출은 생각했다.

"이만 여기서 헤어지죠."

석동출은 고개를 끄덕이곤 굴다리 아래, 주차된 차 앞에서 내렸다.

"아, 김철수 씨. 궁금한 게 있는데요."

김철수가 창문 사이로 석동출의 그 질문을 받았다.

"뭡니까?"

"혹시 김철수가 본명입니까?"

"……하하하!"

김철수가 웃음을 그치고 선글라스를 걸치며 대답했다.

"예, 본명입니다."

"……."

"그러면 석동출 씨, 아니 석동출 '요원님.' 몸 건강히 잘 지내십쇼."

김철수는 고개를 까딱여 보인 뒤, 차를 몰았다.

석동출은 멀어지는 차를 바라보다 고개를 저으며 혼잣말을 중얼거렸다.

"나 참, 저 인간은 끝까지 거짓말을 하는군."

꿈을 꾸었다.

아니 정확히? 표현하자면 지금 내가 느끼는 감각이 몇 십 년 전에 느꼈어야 했을 주마등인지, 아니면 이미 느끼고 있는 주마등인 것인지, 예지몽인지, 그냥 헛것을 보고 있을 뿐인지 알 수 없는, 젖빛으로 두루뭉술한 감각에 휩싸여 있었다.

나는 지금 이성진을 내려다보고 있었다.

이성진인가?

아니면 이성진의 가면을 덮어쓰고 있는 한성진일까?

나는 '그'의 눈썹 위에 난 흉터를 인지한 직후 그것이 나라는 걸 자각하면서 눈을 떴다.

눈을 뜨면서 방금 전 부유한 채 이성진을 내려다보고 있던 나는 오간 데 없이 사라졌고, 나는 이성진의 눈으로 천장을 올려다보고 있었다.

"……."

그럼에도 불구하고 머릿속의 멍한 기운은 사라지질 않아서, 나는 눈을 뜨고도 한동안 멍하니 천장을 올려다보았다.

안 되겠다, 세수라도 하자.

내 몸은 그런 자각도 떠올리기 전에 이미 몸에 익은 습관처럼 움직이기 시작하며 나를 세면대로 이끌었다.

찬물로 세수를 한 뒤 거울을 본 나는 흠칫했다.

눈앞에는 이성진이 있었다, 그것도 내가 죽였던 중년의 이성진이었다.

"……아."

나는 다시금 거울 속 이성진의 이마에 난 흉터를 인지하곤 그것이 내가 아는 이성진이 아니라는 것을 다시 깨달았다.

"……제정신이 아니군."

잠긴 목에서 거친 목소리가 나와, 나는 헛기침을 했다.

목이 아프다.

오늘따라 유독 왜 이러는 건지.

(그렇게 생각하면서도 내 의식 밑바닥에선 이 순간이 아직도 꿈이라고 생각 중인 듯했다.)

새삼 이렇듯 자아가 희미해지는 감각을 느끼고 있다 보니 이게 언젠가 안형욱에게 들었던, 전생을 거듭한 존재의 부작용이 아닐까 생각했다.

(그건 언제 들었지? 그보다 내가 안형욱에게 전생자라는 걸 밝혔던가?)

(그랬어. 1996년 겨울이었지)

(조세화가 유학을 떠났던 날이었고, 너는 요한의 집에서…….)

나는 지끈거리는 관자놀이를 문지르며 발걸음을 옮겼다.

"……아야!"

발이, 아팠다.

그 바람에 나는 몸을 비틀거렸고, 벽을 손으로 짚은 덕에 간신히 꼴사나운 모습은 피할 수 있었다.

"……."

나는 가만히 통증이 온 발을 보았다.

공교롭게도 전생?의 내가 다리를 절었던 그 발이었다.

(내가 이번 생에도 다리를 절었던가?)

(이거 원, 엎친 데 덮친 격으로 악화된 컨디션에 통풍까지 도진 모양이군.)

(통풍?)

(그래, 언젠가 한스가 있는 독일에 갔던 너는 거기서 맥주의 맛을 알아 버렸지 뭐야. 자업자득이야.)

(전생의 이성진은 없던 병인데?)

(전생? 하, 지금 무슨 소릴 하는 거야?)

머릿속이 혼란스럽다.

나는 괜스레 허공을 손으로 휘저은 뒤, 침실로 돌아왔다.

침대에 벌러덩 누운 나는, 통증으로 욱신거리는 발을 느끼며 '아, 출근하기 싫다'하고 중얼거렸다.

오늘은 중요한 회의가 있는 날이니 가야 한다.

이번 회의를 날려 먹으면 손실이 몇 억쯤이나 될까?

그러면서 나는 회사에 가기 싫은 건 예나? 지금이나 똑같군, 하고 생각했다.

(예전? 회사에 출퇴근? 내가 사장인데?)

(대학졸업 직후 잠시 이태석의 삼광 전자에서 사원으로 일했던 기억이 떠오른 모양이다.)

(그보다 여기는 어디지?)

(별장이야.)

(별장? 집은 어쩌고?)

통증이 가라앉고(그런 기분이다) 걸음을 뗄 만하게 되자 나는 옷장으로 향했다.

맞춤 정장이 한가득했다.

그중에서 나는 이탈리안풍으로 맞춘 걸 골랐다가, 지금이 겨울임을 깨닫고는 캐시미어를 꺼냈다.

"……."

(겨울인거 맞지?)

통유리로 된 창밖을 보니 정원에 나무가 헐벗고 휑했다. 겨울이 맞는 것 같다.

(다행히 계절감각까지 어그러진 건 아니었다.)

관성적으로 넥타이를 매고, 행거치프까지 갖춘 뒤에야 거울을 보았다.

이런 지위에 오른 뒤부턴 언제 기자들이 카메라를 쏴도 무너지지 않게끔 항상 겉모습에 신경을 써야 했다.

'폼은 나는군.'

몸에 딱 맞춘 쓰리피스 정장을 입은 모습은 당장 이대로 모델로 서도 될 정도.

실제로 경제지에 굳이 그럴 필요가 없음에도 내 사진이 자주 표지를 장식하곤 하는 건, 이 외모와 무관하지 않으리라.

어려서부터 이 나이가 되도록 운동을 꾸준히 했으니, 당연한 일이다.

그럼에도 불구하고 통풍 같은 병에 걸리고 만 건 어떻게 해석해야 할지.

「결국 그럼에도 불구하고 일어날 일은 일어나기 마련이거든.」

이것도 결국엔 일어날 일이 일어난 것인가, 나는 쓴웃음을 지었다.

「그 형태나 방식이 달라지는 경우도 있고, 아예 일어나지 않을 수도 있지만.」

그 사족처럼 덧붙인 말에 나는 픽 웃었더랬다. 정말이지, 그러면 말이나 하지 말든가.

(응? 누가, 어디서 한 말이었더라?)

(텔레비전? 라디오? 유튜브?)

(유명한 사람이 한 말 같은데…….)

결국 그게 통풍으로 돌아와 이따금씩 내 다리를 절게 만든 상황에선 마냥 웃을 수만도 없게 되었지만.

정신을 차리니 나는 차고에 있었다.

넓은 차고에는 각종 고급 차량이 즐비했고, 개중엔 새빨간 페라리도 있었다.

당연히 이런 건 논외다.

어릴 때야 신경 쓰지 않고 이진영에게 선물 받은 독일제 세단을 타고 다녔지만, 언젠가 이태석이 내게 한 말마따나 '(너도)대한민국을 대표하는 재계인 중 한 사람이 되었으니 대중들의 시선을 의식'해야 했다.

(아무튼 그 양반도 늙으니 잔소리만 늘어서…….)

그럼에도 내 별장 차고에 나는 타고 다니지도 않는 스포츠카며 각종 외제차가 있는 건, 이 별장을 제집마냥 쓰는 #@$%@^가 해외로 나가며 여길 주차장처럼 쓰고 있기 때문이었다.

'나 참, #@$%@^ 그 녀석도 여전하다니까.'

(#@$%@^? #@$%@^가 누구지?)

(혹시 내 피붙이 동생인가? 아닌가?)

나는 당연하다는 듯 애용하는 국산 세단 앞에 섰다가, 현기증을 느끼곤 몸을 비틀거렸다.

안 되겠다.

이런 날 직접 운전을 했다간 자살이나 다름없지.

그것도 나 혼자 죽는 것도 아니고, 다른 사람까지 휘말리게 할 거다.

'그랬다간 그날 뉴스는 볼만하겠지만.'

분명 'SJ홀딩스 이성진 대표, 차량 사고로 어쩌고……' 하면서 난리가 날 거다.

그랬다간 이사회의 #@$%랑 ^&&&가 눈이 벌게져서 설쳐대겠지? 그 꼴은 눈 뜨고 못 보겠다. 아니 눈은 못 뜨겠지만.

(SJ홀딩스?)

(그래. SJ컴퍼니의 현재 이름이지)

(IT, 통신, 영화, 드라마, 각종 엔터, 레스토랑, 유통, 백화점 등등 각종 전도 유망한 회사의 지분을 갖고서 휘둘러대는 대기업이지.)

(몇 개는 직접 소유하고 있기도 하고.)

(이태석은 아직도 내게 삼광 전자를 물려주지 않고서 회장직을 역임 중이다.)

(뭐라더라, '너한테는 네 회사가 있으니 그거나 신경 써라'고 했던가?)

(아마 적당히 때가 되면 합병을 하며 내 자리를 만들어 준 다음 주주총회를 열어 나를 회장으로 만들어 주겠지만, 아직은 때가 아니라고 하니까.)

(늙어서 욕심은…….)

"너, 코로나 아니냐?"

나는 강이찬의 말에 어깨를 으쓱였다.

(코로나? 아, 한창 그 시국인가)

(그런데 강이찬이 왜 여기 있지? 아, 내가 불렀나 보군.)

"형도 참, 내가 그런 병에 왜 걸려?"

(강이찬 씨가 아니라, 형? 그러고 보니까 강이찬도 나한테 너나들이를 하고 있군.)

(그 왜, '그때' 서로 터놓고 지내기로…….)

(아, 그랬지.)

그러면서 나는 의자에 등을 파묻었다.

"게다가 혹시라도 내가 코로나에 걸려 봐, 우리 회사 주가가 곤두박질칠걸?"

강이찬이 픽 웃었다.

"급등하는 건 아니고?"

"헹, 웃기고 있네. 아무튼 우리 병원 입장도 있으니까 설령 걸려도 안 걸린 척해야 돼. 뭐 걸리지도 않았겠지만."

나는 괜스레 콧물도 나오지 않은 코를 훌쩍이곤 말을 이었다.

"뭐, 그러니까 형을 부른 거 아니겠어?"

"나 원, 너는 나 없으면 어떡하려고 그러냐?"

"당연히 큰일 나지."

문득 보니, 강이찬의 옆머리엔 희끗희끗한 흰 머리가 돋아나 세월의 풍파가 엿보였다.

강이찬이 내 시선을 의식한 듯 백미러를 힐끗 쳐다보았다.

"왜?"

"아니, 새삼 형도 참 늙었다 싶어서."

"넌 아닌 줄 알고?"

"왜? 어디 가면 나 아직 30대처럼 보인다고들 말해."

"그거 간신이니까 당장 쳐 내."

"도깨비 신문에서도 그랬는데?"

"그렇다면 이제 슬슬 투자를 끊을 때가 된 모양이지."

강이찬은 처음 볼 때와는 달리 표정 변화도 많아졌고, 농담도 곧장 주고받게 되어 그는 내 좋은 상담자가 되었다.

(꽤 많은 일을 함께 겪었지.)

(죽을 뻔한 적도 있고. 살았으니 다행이지만.)

(뭐, 만약 죽는다면 그건 아마도…….)

"그런데 농담이 아니라, 너 괜찮은 거냐?"

나도 모르는 새 깜빡 잠들고 말았던 걸까, 나는 강이찬의 목소리에 눈을 떴다.

"……응?"

"진짜 안 좋아 보여서 그래."

나는 등을 시트에 파묻듯 기댔다.

대놓고 해외 최고급 세단은 탈 수 없지만, 내장 옵션만큼은 돈을 아끼지 않은 시트가 내 몸을 편안하게 감싸 안았다.

"오전에 통풍 조짐은 좀 있었지."

"……설마 어제 술 마셨냐?"

마셨던가? 안 마셨던가?

모르겠다. 아니겠지.

"아니."

"정 뭣하면 '닥터 한'한테 가 보지?"

"뭐래, 걔는 외과거든?"

"아, 그랬나?"

"그래. 심지어 학부 때 배운 내과 지식 같은 건 다 까먹었을걸."

(한성진 그 녀석, 내가 외과는 힘만 들고 돈이 안 된다고 말렸는데도 자신의 길은 이것뿐이라며 외과로 가 버렸다.)

"세간의 평은 좋은 모양이던데?"

"흥, 아무튼 내가 그 돌팔이 녀석 신세를 질 일만큼은 없을 거야.”

나는 나도 모르게 새어 나오려는 미소를 억눌렀다.

“어쨌거나 오늘만큼은 몸이 부서져도 나가야 돼. 중요한 인수합병이 있는 날이야.”

“…….”

“걱정 마. 얼굴 비추고 도장만 찍으면 끝날 일이니까. 안 그래도 요즘 코로나 시국이래서 악수, 사진, 회식, 이런 건 안 하거든.”

오늘 같은 날엔 잘된 일이지.

나는 그렇게 말하곤 강이찬에게 도착하면 깨워 달라고 말한 뒤 눈을 감았다.

“대표님.”

비서가 나를 깨웠다.

(언제 여기 왔던 거지?)

눈을 뜨니 나는 주변 전경이 한 눈에 보이는 내 전용 오피스 최상층에 있었다.

(이거 참, 필름이 끊기도록 술에 취했을 때 느낌이다.)

(오늘은 중요한 의사결정은 피해야겠군.)

(뭐, 요새는 그럴 만한 일도 잘 없지만.)

“대표님?”

“안 잤어.”

비서가 쓴웃음을 지으며 티슈를 내밀었다.

"알아요. 그런데 입가에 침은 좀 닦으시는 게 어때요?"

"……땡큐."

나는 입가의 침을 닦으며 물었다.

"그런데 무슨 일입니까?"

"구봉팔 사장님이 긴히 뵈었으면 하셔서요."

"응? 구봉팔 사장님이요?"

"네. 지금 로비에서 기다리고 계십니다."

(구봉팔이 웬일이지.)

(뭔가 전화로 중요한 용건을 들은 듯도 하고, 아닌 것 같기도 하고.)

이제는 완전히 노인이 다 된 구봉팔이지만, 예전 소년 시절에 보았을 때의 정정한 모습은 지금도 여전했다.

"어쩐 일이세요?"

"지나가다 들렀다."

그러곤 비서가 나가길 기다린 구봉팔이 소파에 앉으며 입을 뗐다.

"조세광이 한국에 들어왔다더라."

"……흠."

얼마 전 석동출에게 들었던 기억이 났다.

오랜만에 김철수의 연락을 받았는데, 자취를 감춘 조세광을 찾았다고.

(조세광은 언젠가 너를 죽이려고 시도한 적이 있었다.)

(당시엔 조세화가 빌면서 말려서 두 번 다시는 한국 땅을 밟지 않는 조건으로

쫓아 보냈지.)

(감시를 붙여 두었지만 얼마 지나지 않아 그 감시가 끊어졌고, 얼마 전에야 다시 그 행적을 찾았다.)

구봉팔이 나직이 물었다.

"이쪽에서 처리할까?"

"음…… 아뇨."

나는 고개를 저었다.

"중요한 시기입니다. 아무튼 썩어도 예전 조광 그룹 일가 장남인 인간이고, 우리 그룹 안에는 그 시절을 신화처럼 생각하는 예전 조광 사람들도 남아 있으니……."

"좋아. 일단 감시는 붙여 두마."

"네, 그렇게 해 주세요."

내가 빙긋 웃으며 건넨 말에 구봉팔이 픽 웃으며 자리에서 일어섰다.

"그러고 보니까 강선이 녀석이 셋이서 좀 보자던데."

"그래요? ……아 청첩장 때문인가."

"음. 녀석도 벌써 그럴 나이다 싶지?"

"그런 말씀을 하시는 걸 들으니 아저씨도 늙었네요."

"남 말은. 그러는 너도……."

환담은 오래가지 않았고, 구봉팔이 떠난 뒤 약속된 시간에 맞춰 김민혁이 내 방을 찾았다.

"준비됐어?"

당연한 이야기지만 김민혁도 꽤 늙었군.

“그래. 형은?”

“나야 진작 준비를 마쳐 뒀지.”

“아니, 그게 아니라. 이건 금일을 먹는 거잖아? 그래도 괜찮냐고.”

별로 친한 거 같지는 않지만 김민혁은 원래 금일 그룹의 방계 혈족이니, 혹시나 해서 물어보았는데…….

“뭐래. 새삼.”

김민혁이 픽 웃었다.

“그래도 상징이란 게 있지 않나?”

내 질문에 김민혁은 어깨를 으쓱였다.

“뭐, 몇십 년 전에야 삼광의 라이벌이니 뭐니 하며 거들먹거렸지만, 지금은 쥐뿔도 남지 않은 회사인걸.”

김민혁이 쓴웃음을 지었다.

“만약 성훈이 형이 그때 죽지 않고 살아서 회사를 경영했다면 또 모를까…….”

“…….”

“그땐 성진이 너도 꽤 충격이었지? 둘이 꽤 친했잖아.”

“응. 그랬지.”

나는 그런 척을 했다.

김민혁이 안경을 고쳐 썼다.

“흠, 새삼 옛날 일이 생각나는 걸 보면 나도 늙었나 보네.

아무튼 준비됐으면 가자."

"그래."

오늘은 대략 30여년 전 삼광전자의 자회사로 출발한 SJ홀딩스가 금일전자를 인수합병하는 역사적인 날로 기록될…….

탕-!

나는 차에 치인 것 같은 충격이 몸 한 점에 집중되는 듯한 느낌을 받았다.

'아, 그러니까, 방금까진 주마등이었나?'

기억이 띄엄띄엄했던 것도 이해가 가는군.

(코로나 때문에 몸이 안 좋은 거라고 생각해서 별장에 혼자 격리한 게 패착이었나?)

(방심한 거지.)

(너는 조세광을 너무 얕잡아 본 거야.)

(전생의 네 역할을 이번에는 조세광이 맡았군.)

(역할이라니?)

나는 쓰러지며, 그런 생각을 했다.

쿵!

등이 바닥에 떨어지고, 내 앞에 권총을 든 조세광이 확인사살을 위해 내 머리를 겨눴다.

"잘 가라, 괴물 같은 새끼."

이번 생엔 이렇게 죽는군.

(이번 생?)

탕–!

또 한 번의 총소리가 들렸지만, 죽은 건 내가 아니었다.

조세광의 이마로 핏줄기가 솟고, 그는 허리를 꺾으며 바닥에 쓰러졌다.

털썩.

두 눈을 부릅뜬 조세광이 바닥에 피를 흘리며 넘어져 나를 노려보았다.

나는 그 눈을 보며 눈을 감았다.

'잘 가라, 너도.'

꽤, 지긋지긋한 인연이었다.

"빨리 움직여!"

강이찬과 구봉팔의 목소리가 들리는가 싶더니, 내 눈앞에 하얀 빛이 보였다.

아, 이게 죽으면 보는 그 광경인가.

"정신이 들어?"

그렇게 생각했더니 낯선 천장이 보였다.

나는 목소리가 들린 방향으로 간신히 고개를 돌렸다.

"성진이 너, 죽다 살았어."

씩 웃으며 말하고는 있지만, 녀석은 눈 밑이 시커멓고 까칠까칠한 수염이 웃자라 있었다.

기억 속의 나…….

아니, 외과의사 한성진이었다.

"어……."

무어라 입을 떼려고 했지만, 입안이 말라서 목소리가 나오질 않았다.

한성진은 익숙한 동작으로 솜에 물을 적셔 내 입 안을 적셔 주었고, 그제야 혀를 움직일 수 있었다.

"……뉴스에 뭐라고 떴어?"

내 말에 한성진이 쿡, 하고 웃었다.

"눈 뜨자마자 한다는 소리가 그거냐?"

"그야……."

SJ홀딩스가 금일을 인수한 기록적인 뉴스가, 이성진 대표 피습 같은 걸로 묻히면 악재니까.

아마 주가도 왕창 내리지 않았을까?

'……설마, 오르진 않았겠지.'

그러면 엄청 서운할 거 같은데.

하지만 내 몸에서는 아직 그렇게 긴 말은 나오지 않았다.

"일단 쉬어 둬. 지금은 회복에만 전념해."

"잠……깐."

"응?"

어째서인지는 모르겠지만, 내 입에서는 이런 질문이 흘러나왔다.

"나, 살아 있냐?"

"그럼."

한성진이 씩 웃었다.

"보다시피. 가서 !@#$%^ 불러 올게. 울고불고 난리도 아니었거든."

뭐라고 했는지 잘 안 들렸다.

"누……구?"

"누구긴, 네……."

아, 그랬구나.

결과적으로 화해를 하게 되어서 다행이군.

뭐, 싸운 이유도 별거 아니었지만.

나는 안심하고 잠에 들었다.

그 순간, 나는 눈을 떴다.

《다시 사는 재벌가 망나니》 마칩니다